R. L. STINE

Gänsehaut

Der Geist von nebenan

DER AUTOR

R. L. Stine, 1943 in Columbus/Ohio geboren, ist Erfolgsautor der Reihe *Fear Street*. Der weltweite Durchbruch gelang ihm mit der Kinder-Gruselreihe *Goosebumps*, zu Deutsch *Gänsehaut*. Mit über 400 Millionen verkauften Büchern weltweit ist Stine einer der erfolgreichsten Kinderbuchautoren aller Zeiten. Er lebt mit seiner Familie in New York und teilt sich sein Büro mit einem Skelett.

Von R. L. Stine ist bei cbj lieferbar:

Es wächst und wächst und wächst … (22592)
Der Geist von nebenan (22593)
Der Werwolf aus den Fiebersümpfen (22595)
Um Mitternacht, wenn die Vogelscheuche erwacht (22596)

R. L. STINE

Gänsehaut

Der Geist von nebenan

Aus dem amerikanischen Englisch
von Günter W. Kienitz

cbt

Bei diesem Buch wurden die durch das verwendete Material und die Produktion entstandenen CO_2-Emissionen ausgeglichen, indem der cbj-Verlag ein Projekt zur Aufforstung in Brasilien unterstützt. Weitere Informationen zu dem Projekt unter:
www.ClimatePartner.com/14044-1912-1001

FSC
www.fsc.org
MIX
Papier aus verantwortungsvollen Quellen
FSC® C014496

Wir produzieren
Klimaneutral
ClimatePartner.com/14044-1912-1001
Druckprodukt

Penguin Random House
Verlagsgruppe FSC® N001967

3. Auflage
Als cbj Taschenbuch Februar 2016
Die Originalausgabe erschien unter dem Titel
»Goosebumps # 10: The Ghost Next Door«

Übersetzung: Günter W. Kienitz
Lektorat: Kerstin Wendsche
Umschlaggestaltung: basic-book-design, Karl Müller-Bussdorf
jk · Herstellung: ReD
Satz: Uhl + Massopust, Aalen
Druck: GGP Media GmbH, Pößneck
ISBN 978-3-570-22593-6
Printed in Germany

www.cbj-verlag.de

1

Hannah war sich nicht sicher, was sie aufgeweckt hatte – die knisternden, knackenden Geräusche oder die hellen gelben Flammen.

Sie setzte sich im Bett auf und blickte mit vor Schreck weit aufgerissenen Augen auf das Feuer um sich herum.

Flammen züngelten über ihre Kommode. Die brennenden Tapeten rollten sich zunächst auf und schmolzen dann. Die Tür ihres Schrankes war schon weggebrannt und sie konnte das Feuer im Inneren von Fach zu Fach springen sehen.

Sogar der Spiegel brannte. Hannah sah ihr Spiegelbild hinter einer Wand von züngelnden Flammen.

Das Feuer verteilte sich rasch über den ganzen Raum.

Der dichte Rauch brannte Hannah im Hals und sie fing an zu würgen.

Es war zu spät, um zu schreien.

Doch sie schrie trotzdem.

Sie war heilfroh, als sie aufwachte und merkte, dass alles nur ein Traum war.

Hannah setzte sich im Bett auf. Ihr Herz schlug wie wild und ihr Mund war strohtrocken.

Keine knisternden Flammen. Keine hüpfenden gelben und orangen Wirbel. Kein erstickender Rauch.

Alles nur ein Traum, ein schrecklicher Traum. So realistisch. Aber ein Traum.

»Das hat mir echt Angst gemacht«, murmelte Hannah vor sich hin. Sie sank in ihre Kissen zurück und wartete darauf, dass ihr Herz aufhörte so heftig in ihrer Brust zu hämmern. Sie hob ihre graublauen Augen zur Decke hoch und starrte auf das kühle Weiß.

Noch immer hatte sie das Bild der schwarzen, verkohlten Decke, der aufgerollten Tapeten und der Flammen, die vor dem Spiegel loderten, vor Augen.

»Wenigstens sind meine Träume nicht *langweilig!*«, sagte sie zu sich selbst. Sie strampelte die leichte Decke ab und warf einen Blick auf ihre Schreibtischuhr. Erst Viertel nach acht.

Wie ist es möglich, dass es erst Viertel nach acht ist?, fragte sie sich. Ich habe das Gefühl, eine halbe Ewigkeit geschlafen zu haben. Was für ein Tag ist heute überhaupt?

Es war schwer, den Überblick über diese Sommertage zu behalten. Einer schien in den anderen überzugehen.

Hannah erlebte einen einsamen Sommer. Die meisten ihrer Freunde waren mit ihren Familien in die Ferien gefahren oder in einem Ferienlager.

In einer kleinen Stadt wie Greenwood Falls gab es für eine Zwölfjährige wenig zu tun. Sie las viele Bücher, sah eine Menge fern und fuhr mit ihrem Fahrrad kreuz und quer durch die Stadt, auf der Suche nach jemandem, mit dem sie sich die Zeit vertreiben konnte.

Langweilig.

Aber heute kletterte Hannah mit einem Lächeln auf den Lippen aus dem Bett.

Sie war noch am Leben!

Ihr Haus war nicht abgebrannt. Sie war nicht von einer Wand lodernder Flammen eingeschlossen gewesen.

Hannah zog neongrüne Shorts und ein grelloranges, ärmelloses Oberteil an. Ihre Eltern zogen sie deswegen immer auf. Sie behaupteten, Hannah wäre farbenblind.

»Lasst mich bloß zufrieden! Was ist so schlimm an leuchtenden Farben?«, gab sie jedes Mal darauf zurück.

Leuchtende Farben. Wie die Flammen um ihr Bett herum.

»He, Traum – *verschwinde!*«, murmelte sie. Sie fuhr sich rasch ein paar Mal mit einer Bürste durch ihre kurzen blonden Haare und lief dann über den Flur zur Küche. Sie konnte die Eier und den Speck riechen, die auf dem Herd brutzelten.

»Guten Morgen, alle miteinander!«, rief sie fröhlich.

Sie war sogar glücklich, Bill und Herb, ihre zwei sechs Jahre alten Zwillingsbrüder, zu sehen.

Nervensägen. Die lautesten Plagegeister in Greenwood Falls.

Sie warfen einen blauen Gummiball quer über den Frühstückstisch hin und her. »Wie oft muss ich es euch noch sagen? Im Haus wird nicht Ball gespielt!«, rief Mrs. Fairchild. Sie hatte sich vom Herd umgedreht, um mit den beiden zu schimpfen.

»Eine Million Mal«, sagte Bill.

Herb lachte. Er fand Bill witzig. Sie hielten sich beide für die Größten.

Hannah trat hinter ihre Mutter, schlang die Arme um deren Hüften und drückte sie fest an sich.

»Hannah – hör auf damit!«, rief ihre Mutter. »Ich hätte beinahe die Eier fallen lassen!«

»Hannah – hör auf damit! Hannah – hör auf damit!«, imitierten die Zwillinge sie.

Der Ball prallte von Herbs Teller ab, knallte gegen die Wand und landete auf dem Ofen, nur Zentimeter von der Bratpfanne entfernt.

»Guter Wurf, du Ass«, witzelte Hannah.

Die Zwillinge brachen in ihr schrilles Gelächter aus.

Mrs. Fairchild fuhr herum und runzelte die Stirn. »Wenn der Ball in der Pfanne landet, werdet ihr ihn mit euren Eiern essen!«, drohte sie und fuchtelte ihnen mit ihrer Gabel entgegen.

Das brachte die Jungen nur noch mehr zum Lachen.

»Sie sind heute in Blödelstimmung«, sagte Hannah lächelnd. Sie hatte ein Grübchen in einer ihrer Wangen, wenn sie lächelte.

»Wann sind die denn jemals in *ernster* Stimmung?«, wollte ihre Mutter wissen und warf den Ball in den Flur hinaus.

»Was soll's, ich jedenfalls bin heute in *großartiger* Stimmung!«, verkündete Hannah und sah durchs Fenster zum wolkenlosen blauen Himmel hinauf.

Ihre Mutter blickte sie misstrauisch an. »Wie kommt's denn?«

Hannah zuckte mit den Achseln. »Einfach nur so.«

Sie hatte keine Lust, ihrer Mutter von ihrem Albtraum zu erzählen und wie toll sie sich fühlte, dass sie noch am Leben war. »Wo ist Dad?«

»Er ist schon früh zur Arbeit los«, sagte Mrs. Fairchild und drehte mit der Gabel den Speck um. »Es gibt Leute, die nicht den ganzen Sommer freihaben«, fügte sie hinzu. »Was hast du denn heute vor, Hannah?«

Hannah öffnete den Kühlschrank und holte eine Flasche Orangensaft heraus. »Das Übliche, glaube ich. Du weißt schon. Einfach herumhängen.«

»Es tut mir leid, dass dieser Sommer so langweilig für dich ist«, sagte ihre Mutter seufzend. »Wir hatten einfach nicht das Geld, um dich in ein Ferienlager schicken zu können. Vielleicht nächsten Sommer ...«

»Ist schon okay, Mom«, antwortete Hannah fröhlich. »Der Sommer läuft doch ganz gut. Wirklich.« Sie wandte sich an die Zwillinge. »Wie haben euch die Geistergeschichten gestern Abend gefallen, Jungs?«

»Waren nicht besonders schaurig«, antwortete Herb rasch.

»Überhaupt nicht schaurig. Deine Gespenstergeschichten sind doof«, fügte Bill hinzu.

»Ihr habt aber ganz danach ausgesehen, als hättet ihr Angst gehabt«, meinte Hannah unnachgiebig.

»Wir haben nur so getan, als ob«, sagte Herb.

Sie hielt den Orangensaft in die Höhe. »Möchte jemand?«

»Ist da Fruchtfleisch drin?«, fragte Herb.

Hannah tat so, als würde sie auf dem Etikett lesen. »Ja, hier steht: ›Hundert Prozent Fruchtfleisch‹.«

»Ich hasse Fruchtfleisch!«, verkündete Herb.

»Ich auch!«, stimmte Bill ihm zu und schnitt eine Grimasse.

Es war nicht das erste Mal, dass sie zum Frühstück eine Diskussion über Fruchtfleisch führten.

»Kannst du keinen Orangensaft *ohne* Fruchtfleisch kaufen?«, fragte Bill ihre Mutter.

»Kannst du ihn für uns durch ein Sieb gießen?«, fragte Herb Hannah.

»Kann ich stattdessen Apfelsaft haben?«, fragte Bill.

»Ich möchte keinen Saft. Ich möchte Milch«, entschied Herb.

Normalerweise hätte diese Diskussion Hannah zum Schreien gebracht. Doch heute reagierte sie gelassen. »Ein Apfelsaft und eine Milch – kommt sofort«, sagte sie fröhlich.

»*Du* bist heute Morgen ganz sicher in bester Laune«, kommentierte ihre Mutter.

Hannah reichte Bill seinen Apfelsaft und der verschüttete ihn prompt.

Nach dem Frühstück half Hannah ihrer Mutter die Küche aufzuräumen. »Schöner Tag«, sagte Mrs. Fairchild, während sie aus dem Fenster blickte. »Nicht eine Wolke am Himmel. Es soll heute bis zu 32 Grad warm werden.«

Hannah lachte. Ihre Mutter gab ständig Wettervorhersagen ab. »Vielleicht sollte ich eine lange Fahrradtour machen, bevor es richtig heiß wird«, meinte sie.

Sie ging zur Hintertür hinaus und nahm einen tiefen Atemzug. Die warme Luft roch süß und frisch. Sie beobachtete zwei rot-gelbe Schmetterlinge, die Seite an Seite durch den Garten flatterten.

Dann ging sie ein paar Schritte über das Gras in Richtung Garage. Von irgendwo weiter unten in der Straße konnte sie das tiefe Dröhnen eines Motorrasenmähers hören.

Hannah sah zum klaren blauen Himmel hoch. Sie spürte die Sonne warm auf ihrem Gesicht.

»He – *pass auf!*«, rief eine besorgte Stimme.

Hannah fühlte einen stechenden Schmerz im Rücken.

Sie stöhnte erschrocken auf und fiel zu Boden.

2

Hannah landete heftig auf Ellenbogen und Knien. Sie drehte sich um, um zu sehen, was sie gestoßen hatte.

Ein Junge auf einem Fahrrad. »Tut mir leid!«, rief der. Er sprang von seinem Fahrrad ab und ließ es ins Gras fallen. »Ich habe dich nicht gesehen.«

Ich trage Neongrün und Orange, dachte Hannah. Wie konnte er mich da trotzdem nicht sehen?

Sie rappelte sich hoch und rieb sich die Grasflecken von den Knien. »Au«, murmelte sie und guckte den Jungen böse an.

»Ich habe versucht anzuhalten«, sagte er leise.

Hannah sah, dass er hellrote Haare, ja fast orange wie karamelisiertes Popcorn, braune Augen und ein Gesicht voller Sommersprossen hatte.

»Warum bist du auf unseren Hof gefahren?«, wollte Hannah wissen.

»*Euren* Hof?« Er kniff seine dunklen Augen zusammen und funkelte sie an. »Seit wann denn das?«

»Schon seit vor meiner Geburt«, antwortete Hannah schroff.

Er zupfte ein Blatt aus ihrem Haar. »In dem Haus da wohnst du?«, fragte er und deutete darauf.

Hannah nickte. »Und wo wohnst *du?*«, wollte sie wissen. Sie untersuchte ihre Ellenbogen. Die waren schmutzig, aber nicht aufgeschrammt.

»Nebenan«, sagte er und drehte sich zu dem Holzhaus im Ranchstil auf der anderen Seite der Auffahrt um.

»Dort?« Hannah reagierte überrascht. »Da kannst du nicht wohnen!«

»Warum denn nicht?«, wollte er wissen.

»Das Haus steht leer«, erklärte sie und musterte sein Gesicht. »Es steht leer, seit die Dodsons weggezogen sind.«

»Jetzt steht es nicht mehr leer«, sagte er. »Ich wohne darin. Mit meiner Mutter.«

Wie ist das möglich?, überlegte Hannah. Wie kann jemand direkt nebenan eingezogen sein, ohne dass ich davon weiß?

Gestern habe ich hier mit den Zwillingen gespielt, überlegte sie und starrte den Jungen unverwandt an. Ich weiß genau, dass das Haus dunkel und leer war.

»Wie heißt du?«, fragte sie.

»Danny. Danny Anderson.«

Sie nannte ihm ihren Namen. »Dann sind wir also Nachbarn«, sagte sie. »Ich bin zwölf. Und du?«

»Ich auch.« Er bückte sich, um sein Fahrrad zu untersuchen. Dann zupfte er ein Grasbüschel heraus, das sich zwischen den Speichen des Hinterrades verfangen hatte. »Wie kommt's, dass ich dich noch nie zuvor gesehen habe?«, fragte er misstrauisch.

»Wie kommt's, dass ich *dich* noch nie gesehen habe?«, entgegnete sie.

Er zuckte die Achseln. In seinen Augenwinkeln bildeten sich kleine Fältchen, als ein schüchternes Lächeln über sein Gesicht huschte.

»Du bist wohl gerade erst eingezogen?«, fragte Hannah, die sich bemühte, auf den Grund des Geheimnisses zu kommen.

»Nee«, antwortete er, während er sich auf sein Fahrrad konzentrierte.

»Nein? Wie lange wohnst du denn schon hier?«, fragte Hannah.

»Schon ein Weilchen.«

Das ist unmöglich!, dachte Hannah. Es kann einfach nicht sein, dass er nebenan eingezogen ist, ohne dass ich etwas davon mitbekommen haben soll!

Doch bevor sie reagieren konnte, hörte sie eine schrille Stimme, die von ihrem Haus her nach ihr rief. »Hannah! Hannah! Herb will mir meinen Gameboy nicht zurückgeben!« Bill stand auf der hinteren Veranda und lehnte sich an die offene Fliegengittertür.

»Wo ist Mom?«, schrie Hannah zurück. »Sie wird ihn dir zurückholen.«

»Okay.«

Die Fliegengittertür fiel heftig zu. Bill zog los, um Mrs. Fairchild zu suchen. Hannah wandte sich wieder Danny zu, um sich weiter mit ihm zu unterhalten, aber er hatte sich in Luft aufgelöst.

3

Die Post kam normalerweise kurz vor Mittag. Hannah düste aufgeregt die Auffahrt hinunter und öffnete den Deckel des Briefkastens.

Keine Post für sie. Überhaupt keine Post.

Enttäuscht eilte sie in ihr Zimmer zurück, um ihrer besten Freundin, Janey Pace, einen Brief zu schreiben und sich zu beschweren.

Liebe Janey,

ich hoffe, es gefällt dir gut im Ferienlager. Aber nicht zu gut – denn du hast dein Versprechen gebrochen. Du hast gesagt, du würdest mir jeden Tag schreiben, und bis jetzt habe ich noch nicht einmal eine lausige POSTKARTE bekommen.

Mir ist so LANGWEILIG, weil ich nicht weiß, was ich anfangen soll! Du kannst dir nicht vorstellen, wie wenig es in Greenwood Falls zu tun gibt, wenn niemand da ist. Es ist echt wie der TOD!

Ich gucke Fernsehen und ich lese eine Menge. Was sagst du dazu, dass ich schon ALLE Bücher auf unserer Leseliste für den Sommer gelesen habe? Dad hat versprochen mit uns zum Zelten nach Miller Woods zu fahren – WIE AUFREGEND –, aber er arbeitet fast jedes Wochenende, deshalb glaube ich nicht, dass er's wirklich tun wird.

LANGWEILIG!

Gestern Abend habe ich mich so gelangweilt, dass ich mit den Zwillingen rausgegangen bin, ein kleines Lagerfeuer hinter der Garage gemacht und so getan habe, als wären wir in einem Ferienlager. Ich habe ihnen ein paar gruselige Gespenstergeschichten erzählt.

Den Jungs hat es echt Spaß gemacht, was sie natürlich nie zugeben würden. Aber du weißt ja, wie mir Gespenstergeschichten immer Angst machen. Ich fing schon an merkwürdige Schatten zu sehen und Dinge, die sich hinter den Bäumen bewegten. Es war wirklich irgendwie lächerlich. Ich hatte MIR SELBST Angst eingejagt! Lach nicht, Janey. Dir sind doch Geistergeschichten auch nicht ganz geheuer.

Die einzige wirkliche Neuigkeit ist, dass ein Junge in das alte Haus nebenan eingezogen ist. Er heißt Danny, ist so alt wie wir und hat rotes Haar und Sommersprossen. Ich glaube, er ist ganz nett.

Ich habe ihn erst einmal gesehen. Vielleicht kann ich dir bald mehr über ihn berichten.

Aber jetzt bist DU mit Schreiben dran. Komm schon, Janey. Du hast es versprochen. Hast du irgendwelche tollen Jungs im Ferienlager kennengelernt? Bist du DESWEGEN zu beschäftigt, um mir zu schreiben?

Wenn ich nichts von dir höre, hoffe ich, dass du einen grässlichen Ausschlag am ganzen Körper bekommst – vor allem an Stellen, wo du dich nicht kratzen kannst!

Liebe Grüße Hannah

Hannah faltete den Brief zusammen und steckte ihn in einen Briefumschlag. Ihr kleiner Schreibtisch stand vor dem Fenster ihres Zimmers. Wenn sie sich über den Schreibtisch beugte, konnte sie das Haus nebenan sehen.

Ich wüsste zu gern, ob Danny in seinem Zimmer ist, dachte sie und spähte zu dem Fenster hinüber, das direkt gegenüber auf der anderen Seite der Auffahrt lag. Die Vorhänge vor dem Fenster waren zugezogen und versperrten den Blick.

Hannah stand auf. Sie fuhr sich mit einer Haarbürste durchs Haar und ging mit dem Brief in der Hand zur Eingangstür.

Irgendwo hinten im Haus hörte sie ihre Mutter mit den Zwillingen schimpfen. Die Jungen kicherten, während Mrs. Fairchild mit ihnen herumschrie. Hannah hörte ein lautes Krachen. Danach noch mehr Kichern.

»Ich geh raus!«, rief sie und öffnete die Fliegengittertür.

Ihr war klar, dass sie wahrscheinlich niemand gehört hatte.

Es war ein heißer Nachmittag, ohne den kleinsten Windhauch, und die Luft war schwül und feucht. Hannahs Vater hatte am vorhergehenden Tag den Rasen vor dem Haus gemäht. Das frisch geschnittene Gras duftete süß, als Hannah die Auffahrt hinunterschritt.

Sie warf einen Blick zu Dannys Haus hinüber. Dort gab es keinerlei Anzeichen von Leben. Die Eingangstür war geschlossen. Das große Panoramafenster des Wohnzimmers wirkte nackt und dunkel.

Hannah beschloss das kurze Stück Weges in die

Stadt zu Fuß zu gehen und ihren Brief auf dem Postamt aufzugeben. Sie seufzte. Sonst gibt es sowieso nichts zu tun, dachte sie verdrossen. Zumindest hilft ein Spaziergang in die Stadt, etwas Zeit totzuschlagen.

Der Bürgersteig war von abgeschnittenen Grashalmen bedeckt, die sich von Grün in Braun verwandelten. Während sie vor sich hin summte, kam Hannah an Mrs. Quiltys Backsteinhaus vorbei. Mrs. Quilty stand gebückt in ihrem Garten und jätete Unkraut.

»Tag, Mrs. Quilty. Wie geht's denn so?«, rief Hannah. Mrs. Quilty sah nicht einmal hoch.

Zimtzicke!, dachte Hannah ärgerlich. Ich weiß, dass sie mich gehört hat.

Hannah überquerte die Straße. Aus einem Haus an der Ecke wehte der Klang eines Klaviers zu ihr herüber. Jemand übte ein klassisches Musikstück, spielte dieselbe Tonfolge wieder und wieder und begann das Stück schließlich von vorn.

Bin ich froh, dass die nicht *meine* Nachbarn sind, dachte Hannah und lächelte.

Sie setzte ihren Weg in die Stadt fort und summte dabei vor sich hin.

Das zweistöckige weiße Postamt stand an der gegenüberliegenden Seite des winzigen Marktplatzes. Die Fahne am Mast davor hing schlaff in der windstillen Luft nach unten. Um den Platz herum gab es eine Bank, einen Friseurladen, ein kleines Lebensmittelgeschäft und eine Tankstelle. Ein paar andere Läden, Harder's Eisdiele und ein Restaurant namens »Restaurant« befanden sich hinter dem Platz.

Aus dem Lebensmittelgeschäft kamen zwei Frauen

heraus. Durch das Fenster des Friseurladens konnte Hannah Ernie, den Friseur, sehen, der in seinem Sessel saß und eine Zeitschrift las.

Wirklich eine lebhafte Szenerie, dachte Hannah kopfschüttelnd.

Sie überquerte den kleinen, grasbewachsenen Platz und warf ihren Brief in den Briefkasten vor der Tür zum Postamt. In der Absicht, nach Hause zu gehen, wandte sie sich um – blieb aber stehen, denn sie hörte wütende Schreie.

Das Geschrei ertönte hinter dem Postamt, stellte Hannah fest. Es war ein Mann, der da brüllte.

Hannah hörte die Stimmen von Jungen. Und noch mehr Gebrüll.

Sie lief um das Gebäude herum auf die wütenden Stimmen zu.

Als sie die schmale Seitenstraße beinahe erreicht hatte, hörte sie ein schrilles, schmerzverzerrtes Jaulen.

4

»He!«, schrie Hannah und rannte den Rest des Weges. »Was ist hier los?«

Hinter dem Postamt gab es eine schmale Verbindungsstraße. Das war ein versteckter Ort, wo manche Kinder gern herumhingen.

Hannah sah Mr. Chesney, den Postmeister. Er drohte einem drahtigen braunen Köter wütend mit der Faust. In der engen Gasse waren drei Jungen. Hannah erkannte Danny. Er hatte sich hinter zwei andere Jungen verzogen, die sie nicht kannte.

Der Hund hatte seinen Kopf gesenkt und wimmerte leise vor sich hin. Ein großer Junge, dünn und schlaksig, mit ungekämmten blonden Haaren, streckte seine Hand freundlich nach dem Hund aus und beugte sich zu ihm hinunter, um ihn zu beruhigen.

»Werfen Sie ja keine Steine mehr nach meinem Hund!«, brüllte der Junge Mr. Chesney an.

Der andere Junge trat nach vorn. Er war klein und gedrungen, wirkte irgendwie unangenehm und hatte stachliges schwarzes Haar. Mit geballten Fäusten starrte er Mr. Chesney böse an.

Danny blieb hinter den beiden anderen zurück. Er

war ziemlich blass und hatte seine Augen angespannt zusammengekniffen.

»Verschwindet! Zieht Leine! Ich habe euch gewarnt!«, knurrte Mr. Chesney wütend. Er war ein dünner Mann mit rotem Gesicht, völlig kahl und mit einem buschigen braunen Schnauzbart unter einer spitzen Nase. Er trug trotz der Sommerhitze einen eng sitzenden grauen Wollanzug.

»Sie haben kein Recht, meinen Hund zu verletzen!«, meinte der Junge hartnäckig, während er den Hund noch immer schützend festhielt. Der Hund wedelte inzwischen wie wild mit seinem Stummelschwanz und leckte dem Jungen die Hand.

»Dies hier ist Eigentum der Regierung«, antwortete der Postmeister. »Ich warne euch – verzieht euch hier. Das ist kein Tummelplatz für Unruhestifter wie euch.« Er machte einen Schritt auf die drei Jungen zu.

Hannah sah, dass Danny mit erschrockenem Gesicht ein paar Schritte zurückwich. Die anderen beiden Jungen blieben eisern stehen und blickten dem rotgesichtigen Postmeister trotzig entgegen. Sie waren kräftig, stellte Hannah fest. Kräftiger als Danny. Sie wirkten auch älter als er.

»Ich sage meinem Vater, dass Sie Rusty verletzt haben«, sagte der blonde Junge.

»Sag ihm auch gleich, dass du hier unbefugt eingedrungen bist«, schnauzte Mr. Chesney zurück. »Und erzähl ihm auch, dass du unverschämt und respektlos warst. Und richte ihm aus, dass ich gegen jeden von euch drei Punkern Anzeige erstatten werde, wenn ich euch noch einmal hier hinten erwische.«

»Wir sind keine Punker!«, schrie der kräftigere Junge wütend.

Dann wandten sich alle drei um und marschierten los, die Gasse hinunter. Der Hund lief dicht bei ihnen im Zickzackkurs aufgeregt hinter ihnen her und sein Stummelschwanz wedelte wie verrückt.

Mr. Chesney stürmte an Hannah vorbei und fluchte vor sich hin. Er war so wütend, dass er sie beinahe anrempelte, als er zur Vorderseite des Postamtes zurückstampfte.

So ein Trottel, dachte Hannah und schüttelte den Kopf. Warum machte er denn bloß so einen Aufstand?

Alle Kinder in Greenwood Falls hassten Mr. Chesney. Hauptsächlich deshalb, weil er Kinder hasste. Er schrie sie ständig an, sie sollten nicht auf dem Platz herumlungern, oder sie sollten aufhören so laute Musik zu spielen oder so laut zu reden oder zu viel zu lachen, oder sie sollten aus seiner kostbaren Gasse verschwinden.

Er benimmt sich, als würde ihm die ganze Stadt gehören, überlegte Hannah.

Zu Halloween hatten Hannah und ein paar Freunde beschlossen zu Mr. Chesneys Haus zu gehen und sein Fenster mit Sprayfarben vollzusprühen. Doch zu ihrer Enttäuschung war Mr. Chesney auf alle vorbereitet gewesen, die ihm einen Halloweenstreich spielen wollten. Er wartete schon an seinem Vorderfenster mit einem riesigen Gewehr in der Hand auf sie.

Hannah und ihre Freunde waren ihres Weges gegangen, enttäuscht und eingeschüchtert.

Er weiß, wie sehr wir ihn alle hassen, stellte Hannah fest.

Und es ist ihm schnurzpiepegal.

In der Gasse war es jetzt ruhig. Hannah ging zurück zum Marktplatz und dachte unterwegs über Danny nach. Er hatte so ängstlich ausgesehen und so blass. So blass, dass er sich im hellen Sonnenschein beinahe aufzulösen schien.

Dannys Freunde wirkten überhaupt nicht eingeschüchtert, überlegte Hannah. Sie wirkten wütend und raubeinig. Oder vielleicht benahmen sie sich auch nur so ruppig, weil Mr. Chesney so gemein zu dem Hund des blonden Jungen gewesen war.

Während sie den Platz überquerte, sah sich Hannah nach Anzeichen von Leben um. In seinem hell erleuchteten Laden saß Ernie noch immer im Frisiersessel und hatte sein Gesicht in einer Zeitschrift vergraben. Ein blauer Kombi war in die Tankstelle eingebogen. Eine Frau, die Hannah nicht kannte, beeilte sich zur Bank zu kommen, bevor sie schloss.

Keine Spur von Danny und seinen beiden Freunden.

Ich glaube, ich geh heim und guck mir *General Hospital* im Fernsehen an, überlegte Hannah mit einem Seufzer. Sie überquerte die Straße und machte sich gemächlich auf den Weg nach Hause.

Hohe Bäume – Ahorn, Buchen und Sassafras – säumten den Bürgersteig. Das Blätterdach war so dicht, dass es die Sonne fast vollständig abhielt.

Im Schatten der Bäume ist es kühler, stellte Hannah fest, als sie unter ihnen entlangging.

Nachdem sie ein kurzes Stück Weg zurückgelegt hatte, sah sie, wie eine dunkle Gestalt hinter einem Baum hervorschlüpfte.

Zuerst hielt Hannah sie für den Schatten, den ein dicker Baumstamm warf. Aber dann, nachdem sich ihre Augen an das gedämpfte Licht gewöhnt hatten, wurde die Gestalt klarer erkennbar.

Hannah hielt den Atem an und blieb stehen.

Sie starrte angestrengt auf die Gestalt, blinzelte und bemühte sich sie deutlich zu erkennen.

Die Gestalt stand in einem tiefblauen Schattenfleck. Sie war ganz in Schwarz gekleidet, groß und schlank, und ihr Gesicht war völlig im Schatten verborgen.

Hannah fühlte, wie ihr ein kalter Schauer den Rücken hinunterlief.

Wer ist das?, fragte sie sich. Warum ist sie so seltsam gekleidet?

Wieso steht sie so unbeweglich, immer im Schatten, und starrt mich aus der Dunkelheit heraus an?

Versucht sie mir Angst einzujagen?

Die Gestalt hob langsam eine Hand und winkte Hannah, näher zu kommen.

Das Herz schlug wild in ihrer Brust und Hannah wich einen Schritt zurück.

Ist da wirklich jemand?

Eine Gestalt ganz in Schwarz?

Oder sehe ich nur den Schatten von Bäumen?

Sie war sich nicht sicher – bis sie das Flüstern hörte:

»Hannah… Hannah…«

Das Flüstern klang so trocken wie das Rascheln von Blättern – und fast genauso leise.

»Hannah… Hannah…«

Ein schlanker schwarzer Schatten, der sie mit Armen, so dürr wie Zweige, zu sich winkte und ihr zuflüsterte. Ein Flüstern, so trocken, so unmenschlich.

»Nein!«, schrie Hannah.

Sie fuhr herum und versuchte zu laufen. Doch ihre Beine fühlten sich schwach an. Ihre Knie wollten sich nicht beugen.

Doch sie zwang sich zu rennen. Schneller.

Immer schneller.

Kam die Gestalt hinter ihr her?

5

Laut keuchend überquerte Hannah die Straße, ohne stehen zu bleiben, um nach dem Verkehr zu sehen. Ihre Turnschuhe dröhnten beim Laufen über den Bürgersteig.

Sie hatte noch einen Häuserblock vor sich.

Folgte die Gestalt ihr noch?

Die Schatten schwankten und bewegten sich, während Hannah unter den Bäumen entlanglief. Sie schoben sich übereinander: Grau auf Schwarz, Blau auf Grau.

»Hannah ... Hannah ...« Das trockene Flüstern.

Trocken wie der Tod.

Aus den sich bewegenden Schatten heraus rief etwas nach ihr.

Sie kennt meinen Namen, dachte Hannah, rang um Atem und zwang sich weiterzulaufen.

Doch dann blieb sie stehen.

Und fuhr herum.

»Wer *bist* du?«, schrie sie außer Atem. »Was *willst* du?«

Doch die Gestalt war verschwunden.

Jetzt war es still. Abgesehen von Hannahs heftigem Atmen.

Hannah blickte in das Durcheinander langer Schatten; es war spät am Nachmittag. Ihre Augen wanderten über die Sträucher und Hecken der Gärten in ihrer Straße. Sie suchte die freien Stellen zwischen den Häusern ab, die Dunkelheit hinter einem offenen Garagentor und das graue Viereck neben einem Schuppen.

Fort. Verschwunden.

Keine Spur der schwarz verhüllten Gestalt, die ihren Namen geflüstert hatte.

»So was!«, fuhr es ihr laut heraus.

Es war nur eine optische Täuschung, entschied sie, während ihre Augen noch immer misstrauisch die Vorgärten überflogen.

Völlig unmöglich.

Sie stritt mit sich selbst. Eine optische Täuschung ruft nicht deinen Namen.

Hier ist nichts, Hannah, versicherte sie sich selbst. Ihr Atem wurde wieder normal. Hier ist nichts.

Du fantasierst dir noch mehr Gespenstergeschichten zurecht. Du jagst dir selbst einen Schrecken ein.

Du langweilst dich und fühlst dich einsam und deshalb lässt du deine Fantasie mit dir durchgehen.

Hannah fühlte sich nur ein kleines bisschen besser, als sie den Rest des Weges nach Hause ging.

Später, beim Abendessen, beschloss sie die schattenhafte Gestalt ihren Eltern gegenüber nicht zu erwähnen. Sie würden ihr sowieso nicht glauben.

Stattdessen erzählte Hannah ihnen von der neuen Familie, die nebenan eingezogen war.

»Was? Jemand ist ins Haus der Dodsons eingezogen?« Mr. Fairchild ließ Messer und Gabel sinken und starrte Hannah über den Tisch hinweg durch die viereckigen Gläser seiner Hornbrille an.

»Da ist ein Junge in meinem Alter«, berichtete Hannah. »Er heißt Danny und hat helloranges Haar und Sommersprossen.«

»Schön, schön«, antwortete Mrs. Fairchild zerstreut und bedeutete den Zwillingen mit einer Handbewegung, sie sollten essen.

Hannah war sich noch nicht einmal sicher, dass ihre Mutter sie überhaupt gehört hatte.

»Wie konnten sie einziehen, ohne dass wir etwas bemerkt haben?«, fragte Hannah ihren Vater. »Hast du einen Umzugswagen oder so etwas gesehen?«

»Kann mich nicht erinnern«, murmelte Mr. Fairchild, nahm sein Besteck auf und machte sich wieder über sein gegrilltes Hähnchen her.

»Also, findet ihr das Ganze denn nicht sonderbar?«, wollte Hannah wissen.

Doch bevor ihre Eltern antworten konnten, fiel Herbs Stuhl rückwärts um. Der Kleine knallte mit dem Kopf aufs Linoleum und begann zu heulen.

Hannahs Eltern sprangen von ihren Stühlen auf und beugten sich zu ihm hinunter, um ihm zu helfen.

»Ich hab ihn nicht geschubst!«, schrie Bill schrill. »Wirklich. Ich hab's nicht getan!«

Frustriert, dass ihre Eltern sich nicht für ihre großen Neuigkeiten interessierten, trug Hannah ihren Teller in die Küche. Dann verschwand sie in ihrem Zimmer.

Sie ging zu ihrem Schreibtisch, schob die Vorhänge auseinander und spähte aus dem Fenster.

Danny, bist du da drin?, fragte sie, während sie auf die Vorhänge starrte, die das dunkle Fenster gegenüber verdeckten. Was machst du in diesem Augenblick?

Die Sommertage schienen wie im Flug zu vergehen. Hannah konnte sich kaum daran erinnern, wie sie die Zeit verbracht hatte. Wenn doch bloß einige meiner Freunde hier wären, dachte sie sehnsüchtig.

Wenn wenigstens *einer* meiner Freunde hier wäre!

Wenn wenigstens einer meiner Freunde schreiben würde.

Was für ein einsamer Sommer...

Sie hielt nach Danny Ausschau, aber er schien nie da zu sein. Als sie ihn eines Tages spätnachmittags endlich im Hof hinter seinem Haus entdeckte, düste sie hinüber, um sich mit ihm zu unterhalten. »Hallo!«, rief sie voller Begeisterung.

Er warf einen Tennisball gegen die Rückwand des Hauses und fing ihn auf. Der Ball machte jedes Mal laut *Plopp*, wenn er gegen die Holzwand knallte.

»Hallo!«, rief Hannah noch einmal, während sie über das Gras lief.

Danny drehte sich überrascht um. »Oh, hallo. Wie geht's?« Dann drehte er sich wieder zur Hauswand und warf seinen Ball.

Er trug ein blaues T-Shirt über ausgebeulten schwarzgelb gestreiften Shorts. Hannah trat neben ihn.

Plopp. Der Ball traf die Wand direkt unter der Regenrinne und sprang in Dannys Hand zurück.

»Ich habe dich hier lange nicht gesehen«, sagte Hannah verlegen.

»Kann sein«, antwortete er kurz angebunden. *Plopp.*

»Ich habe dich hinter dem Postamt beobachtet«, platzte sie heraus.

»So?« Er drehte den Ball in seiner Hand herum, warf ihn aber nicht.

»Vor ein paar Tagen, in der kleinen Gasse. Zusammen mit diesen beiden Typen. Mr. Chesney ist echt ein Volltrottel, stimmt's?«, sagte Hannah.

Danny kicherte. »Wenn er brüllt, läuft sein ganzer Kopf hellrot an. Genau wie eine Tomate.«

»Eine verfaulte Tomate«, fügte Hannah hinzu.

»Was mit dem Typen bloß los ist?«, fragte Danny und warf den Ball. *Plopp.* »Meine Freunde und ich – wir haben überhaupt nichts angestellt. Wir haben nur so herumgehangen.«

»Er hält sich für schrecklich wichtig«, antwortete Hannah. »Er gibt ständig damit an, dass er ein Angestellter des Staates ist.«

»Ja.«

»Was machst du den Sommer über?«, fragte sie. »Einfach nur so die Zeit totschlagen wie ich?«

»So in etwa«, sagte er. *Plopp.* Er erwischte den Ball nicht und musste ihm bis zur Garage nachlaufen.

Als er zum Haus zurückkam, starrte er sie an, als würde er sie zum ersten Mal sehen. Hannah wurde plötzlich verlegen. Sie hatte ein gelbes T-Shirt mit ein paar Marmeladenflecken auf der Brust und ihre vergammeltsten blauen Baumwollshorts an.

»Ich hänge normalerweise mit diesen zwei Typen, Alan und Fred, herum«, erklärte er ihr. »Sie gehen in meine Schule.«

Plopp.

Wie kann er Freunde an der Schule haben?, fragte sich Hannah. War er nicht gerade erst hierhergezogen?

»In welche Schule gehst du denn?«, fragte sie, und sprang zur Seite, als er rückwärts lief, um den Ball zu fangen.

»In die Mittelschule in der Ahornstraße«, antwortete er.

Plopp.

»He – dahin gehe ich auch!«, rief Hannah aus.

Wieso habe ich ihn dort niemals gesehen?, wunderte sie sich.

»Kennst du Alan Miller?«, fragte Danny, drehte sich zu ihr um und schirmte seine Augen mit einer Hand gegen die tief stehende Nachmittagssonne ab.

Hannah schüttelte den Kopf. »Nein.«

»Fred Drake?«, fragte er.

»Nein«, antwortete sie. »In welche Klasse gehst du denn?«

»Ich komme dieses Jahr in die achte«, sagte er und drehte sich zur Hauswand zurück.

Plopp.

»Ich auch!«, verkündete Hannah. »Kennst du Janey Pace?«

»Nein.«

»Und wie ist es mit Josh Goodman?«, fragte Hannah.

Danny schüttelte den Kopf. »Kenn ich nicht.«

»Seltsam«, sagte Hannah, laut nachdenkend.

Danny warf seinen Tennisball ein wenig zu heftig und er landete auf dem schrägen, grauen Schindeldach. Sie sahen beide zu, wie er aufschlug und dann in die Dachrinne hinunterrollte. Danny seufzte, starrte zur Dachrinne hoch und machte ein genervtes Gesicht.

»Wie können wir in dieselbe Klasse gehen und trotzdem keine gemeinsamen Bekannten haben?«, wollte Hannah wissen.

Er wandte sich zu ihr um und kratzte sich mit einer Hand seinen rothaarigen Kopf. »Ich weiß es nicht.«

»Seltsam!«, wiederholte Hannah.

Danny trat in den blauen Schatten des Hauses. Hannah blinzelte heftig. Er schien im weiten Rechteck des Schattens zu verschwinden.

Das ist unmöglich!, dachte sie. Ich hätte ihn in der Schule gesehen.

Wenn wir in dieselbe Klasse gehen, kann es einfach nicht sein, dass ich ihn übersehen habe.

Lügt er etwa? Denkt er sich das Ganze nur aus?

Er war jetzt völlig im Schatten verschwunden. Hannah blinzelte heftig und wartete darauf, dass sich ihre Augen den Lichtverhältnissen anpassten.

Wo ist er?, fragte sie sich.

Er verschwindet ständig.

Wie ein Geist. Ein Geist. Das Wort ging ihr immer wieder durch den Kopf.

Als Danny wieder in Sicht kam, schleppte er eine Aluminiumleiter zur Rückwand des Hauses.

»Was hast du vor?«, fragte Hannah und trat näher.

»Ich hole meinen Ball«, antwortete er und begann die schmalen Sprossen der Leiter hochzusteigen.

Hannah trat noch näher. »Geh da nicht rauf«, sagte sie, weil sie plötzlich ein kalter Schauder erfasste.

»Wieso?«, rief er hinunter. Er war schon in der Mitte

der Leiter angelangt und sein Kopf war beinahe auf einer Höhe mit der Dachrinne.

»Komm runter, Danny.« Hannah wurde plötzlich von einer Welle unbestimmter Angst erfasst und sie hatte ein Druckgefühl in der Magengrube.

»Ich bin ein guter Kletterer«, sagte er und schob sich höher. »Ich klettere überall hoch. Meine Mutter sagt, ich sollte zum Zirkus gehen.«

Bevor Hannah noch irgendetwas sagen konnte, war er von der Leiter gestiegen, stand breitbeinig auf dem schrägen Dach und streckte die Hände hoch in die Luft. »Siehst du?«

Hannah konnte ihre böse Vorahnung und ein Gefühl von Angst nicht abschütteln.

»Danny – bitte!«

Ohne sich um ihren schrillen Schrei zu kümmern, beugte er sich hinunter, um den Tennisball aus der Dachrinne zu fischen.

Hannah hielt den Atem an, als er die Hand nach dem Ball ausstreckte.

Plötzlich verlor er das Gleichgewicht. Überrascht riss er die Augen weit auf.

Seine Turnschuhe rutschten auf den Dachschindeln ab. Seine Hände schossen nach oben und suchten nach etwas, woran sie sich festhalten konnten.

Hannah schrie auf und sah hilflos zu, wie Danny kopfüber vom Dach herunterfiel.

6

Hannah schloss die Augen.

Ich muss Hilfe holen, dachte sie.

Ihr Herz hämmerte wild. Sie zwang sich dazu, die Augen zu öffnen, und sah sich auf dem Boden nach Danny um. Doch zu ihrer großen Überraschung stand er vor ihr, ein boshaftes Grinsen im Gesicht.

»Wie …?« Hannah war verblüfft. »Geht … geht's dir gut?«

Danny nickte, noch immer grinsend.

Er hat kein Geräusch gemacht, dachte Hannah und starrte ihn unverwandt an. Er ist gelandet, ohne ein Geräusch zu verursachen!

Sie packte ihn bei der Schulter. »Ist alles in Ordnung?«

»Ja, mir geht's gut«, sagte Danny ruhig. »Mein zweiter Vorname ist Teufelskerl. Danny Teufelskerl Anderson. Das sagt meine Mutter immer.« Er warf den Ball wie beiläufig von einer Hand in die andere.

»Du hast mich zu Tode erschreckt!«, schrie Hannah. Ihre Angst verwandelte sich in Wut. »Warum hast du das gemacht?«

Er lachte.

»Du hättest dabei draufgehen können!«, warf sie ihm vor.

»Nie im Leben«, antwortete er ruhig.

Sie sah ihn bitterböse an und starrte direkt in seine braunen Augen. »Machst du so etwas oft? Von Dächern fallen, nur um Leute damit zu erschrecken?«

Sein Grinsen wurde breiter, aber er sagte nichts. Er wandte sich von ihr ab und warf den Tennisball gegen die Hauswand.

Plopp.

»Du bist mit dem Kopf voran heruntergefallen«, sagte Hannah. »Wie hast du es geschafft, auf deinen Füßen zu landen?«

Danny kicherte. »Mit Zauberei«, antwortete er schlitzohrig.

»Aber … aber …«

»Hannah! Hannah!« Sie wandte sich um und sah ihre Mutter, die auf der hinteren Veranda stand und nach ihr rief.

»Was gibt's denn?«, schrie Hannah.

Plopp.

»Ich muss für eine Stunde weg. Kannst du rüberkommen und auf Bill und Herb aufpassen?«

Hannah drehte sich zu Danny um. »Ich muss gehen. Bis bald.«

»Bis bald«, antwortete er und grinste sie spitzbübisch an.

Plopp.

Hannah hörte das Geräusch des Balles, der gegen die Holzwand knallte, als sie über die Auffahrt zu ihrem Haus hinübertrabte. Und noch einmal ging ihr das Bild durch den Kopf, wie Danny vom Dach gepurzelt war.

Wie hat er das nur gemacht?, fragte sie sich. Wie hatte er so geräuschlos auf seinen Füßen landen können?

»Ich werde etwa eine Stunde weg sein«, sagte ihre Mutter, während sie in ihrer Tasche nach dem Autoschlüssel suchte. »Wie ist es draußen? Es soll sich bewölken und abends regnen.«

Schon wieder mal so ein Wetterbericht, dachte Hannah und verdrehte die Augen.

»Sieh zu, dass sie sich nicht gegenseitig umbringen, wenn du das irgendwie schaffst«, sagte Mrs. Fairchild, fand die Schlüssel und schloss ihre Tasche.

»Das war Danny«, erklärte Hannah ihr. »Das neue Kind von nebenan. Hast du ihn gesehen?«

»Nein, ich glaube nicht. Tut mir leid.« Mrs. Fairchild eilte zur Tür.

»Du hast ihn nicht gesehen?«, rief Hannah hinter ihr her.

Die Fliegengittertür knallte zu.

Bill und Herb tauchten neben ihr auf und schleppten Hannah in ihr Zimmer. »*Mensch-ärgere-dich-nicht!*«, verlangte Bill.

»Ja, wir wollen *Mensch-ärgere-dich-nicht* spielen!«, wiederholte Herb.

Hannah verdrehte die Augen. Sie *hasste* dieses Spiel. Trotzdem ließ sie sich ihnen gegenüber auf den Teppich fallen.

»Juhu!«, rief Bill glücklich und klappte das Spielbrett auseinander. »Du spielst mit?«

»Ja, ich spiele mit«, erklärte ihnen Hannah lustlos.

»Und wir dürfen mogeln?«, fragte Bill.

»Ja! Wir wollen mogeln!«, quengelte Herb und grinste begeistert.

Nach dem Abendessen waren die Zwillinge im ersten Stock und diskutierten mit ihren Eltern darüber, wer als *Letzter* baden würde. Beide hassten es zu baden und stritten sich immer darum, wer als Letzter an der Reihe war.

Hannah half den Tisch abzuräumen und ging dann ins Wohnzimmer. Während sie ans Fenster trat, dachte sie über Danny nach. Sie schob die Vorhänge auseinander, drückte ihre Stirn gegen das kühle Glas und blickte über die Einfahrt hinweg auf Dannys Haus.

Die Sonne war hinter den Bäumen versunken. Das gegenüberliegende Haus war in tiefe schwarze Schatten gehüllt. Vor den Fenstern waren die Vorhänge zugezogen und die Rollos heruntergelassen.

Hannah stellte fest, dass sie genau genommen noch nie jemanden innerhalb des Hauses wahrgenommen hatte. Sie hatte Danny niemals ins Haus gehen oder herauskommen sehen.

Hannah trat vom Fenster zurück und dachte gründlich nach. Sie erinnerte sich an ihre erste Begegnung, nachdem er sie im Hinterhof umgestoßen hatte. Damals unterhielten sie sich – und dann löste er sich in Luft auf.

Sie grübelte darüber nach, wie er scheinbar im Schatten an der Seite des Hauses verschwunden war und wie angestrengt sie hatte hinblicken müssen, um ihn zu sehen. Und sie dachte darüber nach, wie er, allem Anschein nach, vom Dach hinuntergefallen und geräuschlos auf dem Boden gelandet war.

Geräuschlos wie ein Geist.

Hannah, was denkst du dir da zurecht?, schimpfte sie mit sich selbst.

Fantasiere ich mir etwa gerade wieder eine Gespenstergeschichte zusammen?

Plötzlich gingen ihr so viele Fragen durch den Kopf: Wie waren Danny und seine Familie eingezogen, ohne dass sie es mitbekommen hatte? Wie konnte er in ihrer Schule, ja sogar in ihrer Jahrgangsstufe sein, ohne dass sie ihn jemals dort gesehen hatte?

Wie kam es, dass er ihre und sie seine Freunde nicht kannte?

Das ist alles so *verrückt*, dachte Hannah.

Ich fantasiere mir das nicht zusammen. Ich denke mir das *nicht* aus!

Was, wenn Danny wirklich ein Geist war?

Wenn sie doch nur jemanden hätte, mit dem sie die Sache diskutieren könnte. Doch ihre Freunde waren alle fort. Und ihre Eltern würden sich bestimmt niemals so eine verrückte Idee anhören.

Ich muss es selbst beweisen, entschied Hannah. Ich werde ihn untersuchen und dabei wissenschaftlich vorgehen. Ich muss ihn *beobachten* und ihm *nachspionieren.*

Ja. Ich werde ihm *nachspionieren.*

Ich gehe hinüber und gucke durch sein Küchenfenster, beschloss sie.

Sie trat auf die hintere Veranda hinaus und schloss

die Fliegengittertür hinter sich. Es war eine warme, ruhige Nacht. Der blasse silberne Mond hing über dem Hinterhof am tiefblauen Himmel.

Während Hannah ihren Hinterhof mit langen, schnellen Schritten überquerte, begannen Grillen laut zu zirpen. Vor ihr ragte Dannys Haus massig und schwarz gegen den Himmel auf.

Die Leiter stand noch immer gegen die rückwärtige Hauswand gelehnt.

Hannah überquerte die Auffahrt, die ihr Grundstück von seinem trennte. Mit klopfendem Herzen schlich sie über den Rasen und stieg die drei flachen Zementstufen zur hinteren Veranda hoch. Die Küchentür war geschlossen.

Sie rat zur Tür, drückte ihr Gesicht gegen das Fenster, spähte in die Küche – und schrie auf.

7

Danny starrte ihr von der anderen Seite des Fensters entgegen.

»Oh!«, rief sie aus und fiel beinahe rückwärts von der schmalen Veranda hinunter.

Drinnen im Haus weiteten sich Dannys Augen vor Erstaunen.

Hinter ihm konnte Hannah einen Tisch sehen, der mit hellgelben Tellern gedeckt war. Eine große, schlanke blonde Frau – Dannys Mutter höchstwahrscheinlich – holte etwas aus der Mikrowelle und stellte es auf die Anrichte.

Die Tür ging schwungvoll auf. Danny streckte mit immer noch erstaunter Miene den Kopf heraus. »Hallo, Hannah. Was gibt's?«

»Nichts. Ich … ähm … nichts, wirklich«, stotterte Hannah.

Sie konnte spüren, wie ihre Wangen heiß wurden, und sie wusste, dass sie rot anlief.

Dannys Augen bohrten sich in ihre. Sein Mund verzog sich zu einem Grinsen. »Na ja, möchtest du hereinkommen oder so?«, fragte er. »Mom serviert zwar gerade das Abendessen, aber …«

»Nein!«, rief sie viel zu laut. »Ich möchte nicht… ich meine… ich…«

Ich benehme mich wie ein kompletter Idiot!, stellte sie fest.

Sie schluckte schwer und sah in sein grinsendes Gesicht.

Er lacht mich aus!

»Bis bald!«, rief sie, hüpfte unbeholfen von der Veranda herunter, stolperte und wäre dabei fast auf die Nase gefallen.

Ohne sich noch einmal umzusehen, lief sie los und rannte mit Vollgas zu ihrem Haus zurück.

In meinem ganzen Leben habe ich mich noch nicht so blamiert!, dachte sie unglücklich.

Noch nie!

Als Danny am nächsten Nachmittag aus dem Haus kam, versteckte sich Hannah hinter der Garage. Während sie ihm dabei zusah, wie er sein Fahrrad die Auffahrt hinunterschob, spürte sie, wie ihre Wangen heiß wurden, und sie schämte sich schrecklich.

Wenn ich Spionin werden möchte, muss ich schon ein bisschen cooler werden, sagte sie zu sich selbst. Gestern habe ich ziemlich versagt. Ich bin in Panik geraten.

Das wird mir nicht noch einmal passieren.

Sie beobachtete, wie er auf sein Fahrrad stieg und im Stehen zur Straße radelte. An die Garagenwand gedrückt, wartete sie, um zu sehen, in welche Richtung er fuhr. Dann eilte sie in die Garage, um ihr Rad zu holen.

Sie sah, dass er in Richtung Stadt fuhr. Wahrscheinlich, um diese beiden Jungs zu treffen.

Ich werde ihm einen Vorsprung geben und dann hinterherfahren, dachte Hannah.

Auf dem Fahrrad sitzend, wartete sie unten am Ende der Auffahrt und beobachtete Danny, bis er um die nächste Ecke verschwand.

Sonnenlicht fiel durch die überhängenden Bäume, als sie losstrampelte und ihn mit langsamer, gleichmäßiger Geschwindigkeit verfolgte. Mrs. Quilty war wie üblich in ihrem Garten mit Unkrautjäten beschäftigt. Doch diesmal hielt Hannah sich nicht damit auf, sie zu grüßen.

Ein kleiner weißer Terrier verfolgte sie, vor Aufregung laut kläffend, ein Stück, bis er schließlich aufgab, während Hannah davonradelte.

Der Schulspielplatz kam in Sicht. Mehrere Kinder spielten am Abschlag in der Ecke Softball. Hannah sah sich nach Danny um, doch er war nicht da.

Sie setzte ihren Weg in die Stadt fort. Die Sonne fühlte sich warm auf ihrem Gesicht an. Plötzlich dachte sie an Janey. Vielleicht bekomme ich ja heute mal einen Brief von ihr, hoffte sie.

Sie wünschte, ihre Freundin wäre hier und würde ihr dabei helfen, Danny nachzuspionieren. Zusammen würden sie beide bestimmt ein großartiges Spionageteam abgeben, da war sich Hannah sicher. Wenn Janey dabei gewesen wäre, hätte sie gestern Abend garantiert nicht die Fassung verloren.

Der Marktplatz kam in Sicht. Die Fahne über dem kleinen weißen Postamt flatterte in einer warmen Brise. Vor dem Lebensmittelgeschäft parkten mehrere Autos. Zwei Frauen mit Einkaufstaschen in den Händen standen am Straßenrand und unterhielten sich.

Hannah bremste ihr Fahrrad ab und setzte die Füße auf den Boden. Sie schirmte ihre Augen mit einer Hand vor der Sonne ab und sah sich nach Danny um.

Danny, wo bist du?, dachte sie. Bist du mit deinen Freunden unterwegs? Wo bist du hingegangen?

Sie strampelte über den kleinen grasbewachsenen Platz auf das Postamt zu. Ihr Fahrrad hüpfte über den Bordstein und sie fuhr an der Seite des Gebäudes entlang weiter zu der Gasse.

Doch die Gasse war still und leer.

»Danny, wo *bist* du?«, sang sie leise vor sich hin. »Wo *bist* du?«

Er war mir doch nur einen Straßenblock voraus, dachte sie und kratzte sich am Kopf. Hatte er sich schon wieder in Luft aufgelöst?

Sie fuhr zum Marktplatz zurück und guckte dann in Harder's Eisdiele und ins Restaurant.

Keine Spur von ihm.

»Hannah, du bist ein *großartiger* Spion!«, lachte sie.

Seufzend drehte sie um und fuhr nach Hause zurück.

Kurz bevor sie ihr Haus erreichte, sah sie einen Schatten, der sich bewegte.

Er ist wieder da!, schoss es ihr durch den Kopf.

Sie betätigte ihre Gangschaltung und begann kräftiger in die Pedale zu treten.

Aus den Augenwinkeln heraus sah sie, wie der Schatten über den Rasen vor Mrs. Quiltys Haus flog.

Geräuschlos glitt die dunkle Gestalt über das Gras auf sie zu.

Hannah trat noch kräftiger in die Pedale.

Er ist wieder da. Ich habe ihn mir nicht eingebildet.

Er ist wirklich.

Was kann das sein?

Sie stellte sich auf und strampelte kräftiger. Und immer kräftiger.

Doch die Gestalt glitt neben ihr her, wurde schneller und schwebte ohne jede Anstrengung.

Sie wandte sich um und sah, wie die Gestalt ihre Arme nach ihr ausstreckte.

Hannah schrie entsetzt auf.

Ihre Beine fühlten sich plötzlich an, als wögen sie tausend Pfund.

Ich... ich kann mich nicht bewegen!, dachte sie.

Der Schatten schwebte über ihr. Hannah verspürte eine plötzliche Kälte.

Der Schatten mit menschlicher Gestalt streckte stockähnliche schwarze Arme nach ihr aus.

Sein Gesicht... warum kann ich sein Gesicht nicht sehen?, fragte sich Hannah verwundert und bemühte sich in Bewegung zu bleiben.

Der Schatten hielt das helle Licht der Sonne ab. Unter ihm schien sich die ganze Welt zu verdunkeln.

Du musst weiterfahren. Musst fahren, redete Hannah sich selbst gut zu.

Die dunkle Gestalt glitt neben ihr her, die Arme ausgestreckt.

Entsetzt sah Hannah helle rote Augen, die ihr wie glühende Kohlen aus der Dunkelheit entgegenfunkelten.

»Hannah...«, wisperte die Gestalt. »Hannah...«

Was will sie von mir?

Sie bemühte sich angestrengt, weiterzustrampeln, aber ihre Beine weigerten sich zu gehorchen.

»Hannah ... Hannah ...«

Das trockene Flüstern schien sie zu umkreisen, mit Entsetzen einzuhüllen.

»Hannah ...«

»*Nein!*«, brüllte sie, als sie fühlte, wie sie zu fallen drohte.

Sie bemühte sich verzweifelt, das Gleichgewicht zu halten.

Zu spät.

Sie fiel. Sie konnte ihren Sturz nicht aufhalten.

»Hannah ... Hannah ...«

Sie streckte die Hände aus, um ihren Sturz abzufangen.

»Hilfe!«

Als sie heftig auf der Seite landete, schrie sie vor Schmerz auf.

Das Fahrrad fiel auf sie drauf.

Die schattenhafte Gestalt, deren rote Augen glühten, kam näher, um sie zu packen.

»Hannah! Hannah!«

8

»Hannah! Hannah!«

Das Flüstern verwandelte sich in einen Schrei.

»Hannah!«

In ihrer Seite pochte der Schmerz. Sie kämpfte darum, wieder Luft zu bekommen.

»Was *willst* du?«, schrie sie endlich mühsam. »Lass mich in Ruhe! *Bitte!*«

»Hannah! Ich bin's!«

Sie hob den Kopf und sah Danny, der über ihr stand. Er saß auf seinem Fahrrad, hielt den Lenker fest und sah mit besorgtem Gesicht zu ihr hinunter. »Hannah… bist du okay?«

»Der Schatten…«, schrie sie benommen.

Danny legte sein Fahrrad ins Gras und eilte zu ihr. Er zog das Fahrrad von ihr herunter und legte es neben sie. Dann griff er nach ihren Händen.

»Wie geht's dir? Kannst du aufstehen? Ich habe gesehen, wie du gestürzt bist. Bist du über einen Stein gefahren oder so etwas?«

»Nein.« Sie schüttelte den Kopf und versuchte wieder klar zu denken. »Der Schatten… er hat nach mir gegriffen…«

Dannys Gesicht nahm einen bestürzten Ausdruck an. »Was? Wer hat nach dir gegriffen?« Seine Augen suchten die Umgebung ab und kehrten dann wieder zu ihr zurück.

»Er hat meinen Namen gekannt«, sagte Hannah atemlos. »Immer wieder hat er nach mir gerufen. Er ist mir gefolgt.«

Danny musterte sie stirnrunzelnd. »Hast du dir den Kopf gestoßen? Fühlst du dich schwindlig, Hannah? Vielleicht sollte ich Hilfe holen.«

»Nein … ich … ähm …«

Sie starrte zu ihm hoch. »Hast du ihn denn nicht *gesehen*? Er war ganz schwarz angezogen. Er hatte glühende rote Augen …«

Danny schüttelte den Kopf, während seine Augen sie noch immer aufmerksam musterten. »Ich habe nur dich gesehen«, sagte er sanft. »Du bist viel zu schnell gefahren. Ich hab gesehen, wie du gestürzt bist.«

»Du hast niemanden in schwarzen Klamotten gesehen? Keinen Mann, der mich verfolgt hat?«

Danny schüttelte den Kopf. »Es war niemand sonst auf der Straße, Hannah. Nur ich.«

»Vielleicht *habe* ich mir den Kopf wirklich gestoßen«, murmelte Hannah und hob die Hände zu ihren kurzen Haaren hoch.

Danny streckte eine Hand aus. »Kannst du aufstehen? Bist du verletzt?«

»Ich … ich glaube, ich kann aufstehen.« Sie ließ sich von ihm auf die Beine hochziehen.

Ihr Herz hämmerte immer noch heftig. Ihr ganzer Körper fühlte sich zittrig an. Mit zusammengekniffenen Augen suchte sie die Vorgärten ab. An den großen kreisförmigen Schattenflächen der alten Bäume in der Nachbarschaft blieben ihre Augen hängen.

Niemand zu sehen.

»Du hast wirklich niemanden gesehen?«, fragte sie mit unsicherer Stimme.

Er schüttelte den Kopf. »Nur dich. Ich hab dich von dort drüben aus beobachtet.« Er zeigte zum Randstein.

»Aber ich dachte …« Sie sprach den Satz nicht zu Ende. Sie konnte fühlen, wie ihr Gesicht rot wurde.

Das Ganze ist so peinlich, fand sie. Er glaubt bestimmt, ich bin völlig plemplem.

Und dann dachte sie, vielleicht bin ich es ja!

»Du bist so schnell gefahren«, sagte er und hob ihr Fahrrad für sie auf. »Und hier gibt es so viele Schatten von all den Bäumen. Außerdem hattest du Angst. Vielleicht hast du dir deshalb einen Kerl in schwarzen Klamotten eingebildet.«

»Vielleicht«, antwortete Hannah zweifelnd.

Aber sie glaubte es nicht wirklich …

Hoch aufgetürmte weiße Wolken zogen vor der Sonne vorbei, als Hannah am nächsten Nachmittag die Auffahrt hinunter zum Briefkasten lief. Irgendwo weiter unten in der Straße bellte ein Hund.

Sie klappte begierig den Deckel auf und griff hinein.

Ihre Hand glitt über nacktes Metall.

Keine Post. Nichts.

Sie seufzte enttäuscht und knallte den Deckel des Briefkastens zu. Janey hatte versprochen ihr jeden Tag zu schreiben. Sie war schon seit Wochen fort und Hannah hatte bis jetzt noch nicht einmal eine Postkarte bekommen.

Keiner ihrer Freunde hatte ihr geschrieben.

Während sie die Auffahrt hinauftrottete, warf Hannah einen Blick zu Dannys Haus hinüber. Die weißen Wolken spiegelten sich im Glas des großen Wohnzimmerfensters.

Hannah fragte sich, ob Danny wohl zu Hause war. Sie hatte ihn seit gestern Vormittag, als sie vom Rad gestürzt war, nicht mehr gesehen.

Mit meiner Spioniererei klappt es nicht allzu gut, seufzte sie.

Hannah warf noch einen Blick auf Dannys Wohnzimmerfenster, während sie die Auffahrt hinauf zum Haus zurückkehrte.

Ich werde Janey noch einmal schreiben, beschloss sie. Ich muss ihr von Danny und der schrecklichen Schattengestalt und all den merkwürdigen Dingen, die passiert sind, erzählen.

Sie hörte die Zwillinge im Wohnzimmer, die lautstark darum stritten, welches Zeichentrickvideo sie sehen wollten. Ihre Mutter schlug vor, sie sollten stattdessen rausgehen.

Hannah ging auf dem schnellsten Weg in ihr Zimmer, um Papier und einen Stift zu holen. Im Zimmer war es heiß und stickig und sie hatte einen Berg schmutziger Wäsche auf ihren Schreibtisch geworfen. Deshalb entschied sie sich dafür, ihren Brief im Freien zu schreiben.

Kurze Zeit später machte sie es sich unter dem weit ausladenden Ahornbaum in der Mitte des Vorgartens bequem. Eine dicke Wolkendecke hatte den Himmel überzogen. Die Sonne mühte sich ab, sich einen Weg durch die weiße Fläche zu bahnen. Der alte, dicht belaubte Baum spendete Hannah angenehmen Schatten.

Hannah gähnte. Sie hatte in der vergangenen Nacht nicht allzu gut geschlafen. Vielleicht mach ich später ein Nickerchen, dachte sie. Doch zuerst muss ich diesen Brief schreiben.

Sie lehnte sich an den festen Baumstamm und begann zu schreiben.

Liebe Janey,

wie geht es dir? Ich hoffe schwer, du bist in den See gefallen und ertrunken. Das wäre die einzige gute Entschuldigung dafür, dass du mir in all der langen Zeit noch nicht einmal geschrieben hast!

Wie konntest du mich hier nur so ALLEINE LASSEN? Nächsten Sommer werde ich – egal wie – mit dir zusammen ins Ferienlager fahren.

Die Dinge entwickeln sich hier ausgesprochen UNHEIMLICH. Kannst du dich daran erinnern, dass ich dir von diesem Jungen erzählt habe, der nebenan eingezogen ist? Er heißt Danny Anderson und er ist ganz nett. Er hat rote Haare und Sommersprossen und IRRE braune Augen.

Also lach jetzt nicht, Janey – aber ich denke, Danny ist ein GEIST!

Ich kann richtig hören, wie du lachst. Aber das ist mir schnurzpiepegal. Bis du nach Greenwood Falls zurückkommst, werde ich BEWEISE dafür haben.

Erzähl bitte den anderen Mädchen in deiner Gruppe

nicht, dass deine beste Freundin völlig durchgedreht ist, bevor du den Rest dieses Briefes gelesen hast. Hier sind meine Beweise, die ich bis jetzt gesammelt habe:

1. Danny und seine Familie sind ganz plötzlich im Haus nebenan aufgetaucht. Ich habe sie nicht einziehen sehen, obwohl ich jeden Tag zu Hause war. Meine Eltern auch nicht.

2. Danny sagt, er geht in die Mittelschule in der Ahornstraße, in die achte Klasse – genau wie wir. Aber wie kommt es, dass wir ihn noch nie gesehen haben? Er treibt sich mit zwei Jungs herum, die mir nie zuvor begegnet sind. Er kannte keinen von meinen Freunden.

3. Manchmal verschwindet er – ZACK – einfach so. Lach nicht! Und einmal ist er vom Dach gefallen und auf seinen Füßen gelandet – ohne ein GERÄUSCH zu machen! Ich meine es ERNST, Janey.

4. Gestern wurde ich von einem unheimlichen Schatten verfolgt und fiel vom Rad. Und als ich hochsah, war der Schatten verschwunden und Danny stand an seiner Stelle. Und …

Oje. Langsam hört sich das wirklich verrückt an. Ich wünschte, du wärst hier, damit ich dir das alles besser erklären könnte. In einem Brief klingt das alles so DOOF. Als wäre ich völlig ÜBERGESCHNAPPT oder so.

Ich weiß, du lachst über mich. Bitte, lach ruhig.

Vielleicht schicke ich diesen Brief gar nicht ab. Ich möchte nicht, dass du dich über mich lustig machst oder mich für den Rest meines Lebens damit aufziehst.

So, genug über mich.

Wie läuft es so bei euch im Wald? Ich hoffe, du bist

von einer Schlange gebissen worden und dein ganzer Körper ist angeschwollen und das ist der Grund dafür, dass ich noch nichts von dir gehört habe.

Andernfalls werde ich dich UMBRINGEN, sobald du zurück bist! Echt!

SCHREIB!

Liebe Grüße Hannah

Laut gähnend ließ Hannah ihren Stift auf den Boden fallen. Sie lehnte sich an den Baumstamm und las ihren Brief langsam noch einmal durch.

Ist er zu verrückt, um ihn abzuschicken?, überlegte sie.

Nein. Ich *muss* ihn abschicken. Ich *muss* jemandem erzählen, was hier vor sich geht. Das ist alles einfach viel zu unheimlich, um es für mich zu behalten.

Die Sonne hatte es endlich geschafft, die Wolkendecke zu durchbrechen. Die Blätter oben am Baum warfen unruhige Schatten auf den Brief in Hannahs Schoß.

Sie blickte hoch, direkt ins helle Sonnenlicht – und schrie überrascht auf, weil ihr ein Gesicht entgegenstarrte.

»Danny!«

»Hallo, Hannah«, sagte er leise.

Hannah blinzelte zu ihm hoch. Sein gesamter Körper war von hellem Sonnenlicht umgeben. Es sah so aus, als würde er in dem Licht erstrahlen.

»Ich … ich habe dich gar nicht gesehen«, stotterte Hannah. »Ich wusste nicht, dass du hier warst. Ich …«

»Gib mir den Brief, Hannah«, sagte er leise, aber nachdrücklich. Er streckte die Hand danach aus.

»Was? Was hast du gesagt?«

»Gib mir den Brief«, verlangte Danny noch etwas nachdrücklicher. »Gib ihn mir schon, Hannah.«

Sie hielt den Brief eisern fest und sah zu Danny hoch. Sie musste ihre Augen abschirmen. Die helle Sonne schien direkt durch ihn hindurchzustrahlen.

Er stand mit ausgestreckter Hand über sie gebeugt.

»Den Brief. Gib ihn mir«, sagte er hartnäckig.

»Aber … wieso denn?«, fragte Hannah.

»Ich kann ihn dich nicht abschicken lassen«, erklärte Danny.

»Wieso, Danny? Es ist *mein* Brief. Warum sollte ich ihn meiner Freundin nicht schicken dürfen?«

»Weil du die Wahrheit über mich herausgefunden hast«, sagte er. »Und ich kann einfach nicht zulassen, dass du irgendjemandem davon erzählst.«

9

»Also habe ich recht«, sagte Hannah leise. »Du bist ein Geist.«

Sie schauderte, als sie eine Welle kalter Angst durchlief.

Wann bist du gestorben, Danny?

Warum bist du hier? Um mir übel mitzuspielen?

Was wirst du mir antun?

Fragen rasten durch ihren Kopf. Erschreckende Fragen.

»Gib mir den Brief, Hannah«, forderte Danny hartnäckig. »Niemand wird ihn jemals lesen. Niemand darf etwas davon wissen.«

»Aber Danny …« Sie blickte zu ihm hoch. Schaute zu einem Gespenst hoch.

Das goldene Sonnenlicht schien durch ihn hindurch. Er schimmerte – war mal zu sehen und dann wieder nicht.

Sie hob ihre Hand hoch, um ihre Augen abzuschirmen.

Er wurde zu hell, zu hell, um ihn anblicken zu können.

»Was hast du mit mir vor, Danny?«, fragte Hannah

und schloss fest die Augen. »Was hast du jetzt mit mir vor?«

Er gab keine Antwort.

Als Hannah ihre Augen wieder öffnete, blickte sie in *zwei* Gesichter an Stelle von einem.

Zwei grinsende Gesichter.

Ihre Zwillingsbrüder deuteten auf sie und lachten. »Du hast geschlafen«, sagte Bill.

»Du hast geschnarcht«, erklärte ihr Herb.

Hannah blinzelte ein paar Mal und bemühte sich klar zu denken. Ihr Nacken fühlte sich steif an. Ihr Rücken schmerzte.

»So hast du geschnarcht«, sagte Herb. Er imitierte ein paar scheußliche Schnarchgeräusche.

Beide Jungen ließen sich lachend ins Gras fallen. Sie rollten übereinander und fingen einen improvisierten Ringkampf an.

»Ich hatte einen schrecklichen Traum«, sagte Hannah mehr zu sich selbst als zu ihren Brüdern. Die hörten ihr sowieso nicht zu. Sie stand auf und streckte die Arme über ihrem Kopf aus, um ihren steifen Nacken zu lockern. »Au.« An einen Baumstamm angelehnt einzuschlafen war keine gute Idee gewesen.

Hannah warf einen Blick auf Dannys Haus. Der Traum war so wirklich gewesen, dachte sie und fühlte, wie ihr ein kalter Schauder den Rücken hinunterlief. So erschreckend.

»Danke, dass ihr mich aufgeweckt habt«, sagte sie zu den Zwillingen. Die hörten sie nicht. Sie rannten gerade zur Rückseite des Gartens.

Hannah bückte sich und hob den Brief auf. Sie faltete ihn in der Mitte zusammen und ging über den Rasen zur Haustür.

Manchmal erzählen Träume einem die Wahrheit, dachte sie. Ihre Schultern taten noch immer weh. Manchmal sagen dir Träume Dinge, die du sonst unmöglich wissen könntest.

Ich werde die Wahrheit über Danny herausfinden, schwor sie sich selbst.

Ich werde die Wahrheit herausfinden – selbst wenn sie mich umbringt.

Am nächsten Abend beschloss Hannah nachzusehen, ob Danny zu Hause war. Vielleicht hat er ja Lust, mit mir zu Harder's zu gehen und Eis zu holen, dachte sie.

Sie sagte ihrer Mutter, wohin sie wollte, und ging über den Hof hinterm Haus.

Es hatte den ganzen Tag über geregnet. Das Gras glitzerte nass und die Erde unter ihren Turnschuhen war weich und matschig. Ein blasser sichelförmiger Mond hing über dunklen Wolkenstreifen. Die Nachtluft fühlte sich warm und feucht an.

Hannah überquerte die Auffahrt, zögerte dann aber ein paar Schritte vor Dannys hinterer Veranda. Aus dem Fenster der Hintertür fiel ein Rechteck aus schwachem gelbem Licht.

Sie erinnerte sich daran, wie sie ein paar Nächte zuvor an dieser Tür gestanden hatte und wie schrecklich peinlich es ihr gewesen war, als Danny die Tür geöffnet hatte und ihr nichts eingefallen war, was sie hätte sagen können. Zumindest weiß ich diesmal, was ich sagen werde, dachte sie.

Hannah holte tief Luft und trat in das Lichtviereck auf der Veranda. Sie klopfte an das Fenster der Tür zur Küche.

Sie lauschte. Im Haus blieb es still.

Sie klopfte noch einmal.

Stille. Keine Schritte in Richtung Tür.

Sie beugte sich vor und spähte in die Küche.

»Oh!«, rief Hannah verblüfft aus.

Dannys Mutter saß an dem gelben Küchentisch und hatte Hannah den Rücken zugewandt. Ihre Haare strahlten im Schein der tief hängenden Küchenlampe. Sie hatte beide Hände um einen weißen, dampfenden Kaffeebecher gelegt.

Warum geht sie nicht die Tür öffnen?, wunderte sich Hannah.

Sie zögerte, hob dann ihre Faust und klopfte laut an die Tür. Ein paar Mal.

Durchs Fenster hindurch konnte sie sehen, dass Dannys Mutter überhaupt nicht auf ihr Klopfen reagierte. Die Frau führte ihren Kaffeebecher an die Lippen und nahm einen großen Schluck. Sie hatte Hannah immer noch den Rücken zugewandt.

»Machen Sie die Tür auf!«, rief Hannah laut.

Sie klopfte noch einmal und rief: »Mrs. Anderson! Mrs. Anderson! Ich bin's ... Hannah! Von nebenan!«

Im Lichtkegel der Küchenlampe stellte Dannys Mutter den weißen Becher auf den gelben Tisch zurück. Sie drehte sich nicht um. Sie stand nicht von ihrem Stuhl auf.

»Mrs. Anderson!«

Hannah hob ihre Hand, um zu klopfen, ließ sie dann aber entmutigt sinken.

Warum hört sie mich nicht?, wunderte sich Hannah und blickte auf die schlanken Schultern der Frau und ihr leuchtendes Haar, das bis über den Kragen ihrer Bluse hinunterreichte.

Warum kommt sie nicht an die Tür?

Und dann schauderte Hannah vor Furcht, als sie sich ihre Frage selbst beantwortete.

Ich weiß, warum sie mich nicht hören kann, dachte Hannah und wich vom Fenster zurück.

Ich weiß, warum sie die Tür nicht aufmacht.

Von Angst überwältigt, stöhnte Hannah leise auf, trat aus dem Lichtkreis heraus von der Veranda hinunter und zog sich in den Schutz der Dunkelheit zurück.

10

Am ganzen Körper zitternd, schlang Hannah die Arme um ihre Brust, als wollte sie sich damit vor ihren erschreckenden Gedanken schützen.

Mrs. Anderson hört mich nicht, weil sie nicht wirklich ist, dämmerte es Hannah.

Sie ist nicht wirklich. Sie ist ein Geist.

Wie Danny.

Im Haus nebenan war eine Geisterfamilie eingezogen.

Und ich stehe hier, in einem dunklen Hinterhof, und versuche einem Jungen nachzuspionieren, der noch nicht einmal lebendig ist! Ich stehe hier, am ganzen Körper zitternd und kalt vor Angst, und versuche etwas zu beweisen, dessen ich mir bereits völlig sicher bin. Er ist ein Geist. Seine Mutter ist ein Geist.

Und ich … ich …

Das Küchenlicht ging aus. Die Rückseite von Dannys Haus war jetzt völlig dunkel.

Das bleiche Licht der Mondsichel versickerte im glitzernden nassen Gras. Hannah stand da, lauschte in die Stille hinein und bemühte sich die erschreckenden Gedanken zu vertreiben, die sich in ihrem Kopf so breitmachten, dass es sich anfühlte, als würde er jeden Moment explodieren.

Wo ist Danny?, fragte sie sich.

Sie überquerte die Auffahrt und ging zu ihrem Haus zurück. Sie konnte Musik und Stimmen aus dem Fernseher im Wohnzimmer hören. Sie konnte das Lachen der Zwillinge aus dem im oberen Stockwerk gelegenen Fenster ihres Zimmers dringen hören.

Geister, dachte sie, während sie zu den erleuchteten Fenstern hinaufschaute, die wie helle Augen auf sie zurückstarrten.

Geister.

Ich *glaube* nicht an Geister!

Dieser Gedanke verringerte ihr Entsetzen ein wenig. Plötzlich fiel ihr auf, dass ihr Hals ausgetrocknet war. Die Nachtluft fühlte sich heiß und klebrig auf ihrer Haut an.

Ihr fiel das Eis wieder ein. Zu Harder's zu gehen und eine große Portion Eis zu holen schien ihr eine hervorragende Idee zu sein. Vanilleeis mit Schokochips, dachte Hannah. Sie konnte es beinahe schmecken.

Sie eilte ins Haus, um ihren Eltern Bescheid zu sagen, dass sie in die Stadt gehen wollte. In der Tür zum Wohnzimmer, das mit dunklem Holz verkleidet war, blieb sie stehen. Ihre Eltern drehten sich im hellen Schein des Fernsehbildschirmes erwartungsvoll zu ihr um.

»Was gibt's, Hannah?«

Ganz plötzlich hatte sie das Bedürfnis, ihnen alles zu erzählen. Und das tat sie auch.

»Die Leute nebenan sind nicht lebendig«, platzte sie

heraus. »Sie sind Geister. Kennt ihr Danny, den Jungen in meinem Alter? Er ist ein Geist. Ich weiß, dass er einer ist! Und seine Mutter …«

»Hannah, bitte … wir versuchen fernzusehen«, sagte ihr Vater und deutete mit einer Dose *Cola light* in der Hand auf den Fernseher.

Sie glauben mir nicht, dachte sie.

Und dann maulte sie mit sich selbst: *Natürlich* glauben sie mir nicht. Wer würde denn schon so eine verrückte Geschichte glauben?

In ihrem Zimmer angekommen, nahm sie einen Fünfdollarschein aus ihrer Geldbörse und steckte ihn in die Tasche ihrer Shorts. Dann bürstete sie ihr Haar und musterte ihr Gesicht im Spiegel.

Ich sehe ganz normal aus, dachte sie. Ich *sehe* nicht aus wie eine Verrückte.

Ihr Haar war feucht von der schwülen Nachtluft. Vielleicht lasse ich es wachsen, dachte sie, als sie sah, wie hübsch es ihr Gesicht umrahmte. Ich sollte *irgendetwas* zum Vorzeigen haben, wenn der Sommer zu Ende geht!

Als sie auf die Haustür zusteuerte, hörte sie von oben lautes Dröhnen und Wummern. Die Zwillinge müssen in ihrem Zimmer wieder am Raufen sein, überlegte sie und schüttelte den Kopf.

Sie trat wieder hinaus in die warme, feuchte Dunkelheit, trabte über den Rasen vorm Haus zum Bürgersteig und marschierte in Richtung Stadt und Harder's Eisdiele los.

Die hohen, altmodisch aussehenden Straßenlampen warfen blau-weiße Lichtkreise entlang der Straße. Die

Bäume, die sich in sanften Windböen bewegten, raschelten über dem Bürgersteig, als Hannah darunter durchging.

Geister auf dem Bürgersteig, dachte sie schaudernd. Sie schienen ihre belaubten Arme zu ihr hinunterzustrecken.

Als Hannah zur Stadtmitte kam, beschlich sie ein seltsames Gefühl von Angst. Am Postamt, dessen Fenster so schwarz wie der Himmel waren, beschleunigte sie ihre Schritte.

Sie sah, dass der Marktplatz verlassen dalag. Es war noch nicht einmal acht Uhr, aber kein einziges Auto fuhr durch die Stadt, und auf den Straßen war niemand zu sehen.

»So ein Kaff!«, murmelte sie leise vor sich hin.

Hinter der Bank bog sie in die Elm Street ein. Harder's Eisdiele befand sich an der nächsten Ecke. Eine große rote Neoneiswaffel im Schaufenster warf ihren roten Schein auf den Bürgersteig.

Wenigstens hat Harder's auch nach Einbruch der Dunkelheit noch offen, dachte Hannah.

Als sie näher kam, konnte sie sehen, wie die Glastür am Eingang zu dem kleinen Laden sich öffnete.

Ein paar Schritte von der Tür entfernt blieb sie stehen.

Ihr Angstgefühl wurde plötzlich überwältigend. Obwohl die Nacht warm war, fröstelte sie am ganzen Körper. Ihre Knie zitterten.

Was ist los?, wunderte sie sich. Warum fühle ich mich so seltsam?

Als sie im roten Schein der Neoneiswaffel durch die

offene Eingangstür blickte, kam eine Gestalt herausgeschossen.

Gefolgt von einer zweiten. Und noch einer.

Sie rannten mit angstverzerrten Gesichtern durch den Lichtschein hinaus.

Verblüfft erkannte Hannah Danny, der vorneweg lief, gefolgt von Alan und Fred.

Jeder von ihnen hatte eine Eiswaffel in der Hand.

Sie rannten nach vorne gebeugt aus dem Laden heraus, als wollten sie fliehen. Ihre Turnschuhe dröhnten über das Pflaster des Bürgersteiges.

Hannah hörte laute, wütende Schreie aus dem Inneren des Ladens.

Ohne es selbst mitzubekommen, war sie dicht an die Tür herangegangen.

Sie konnte die Jungen noch immer davonlaufen hören. Doch sie konnte sie in der Dunkelheit schon nicht mehr sehen.

Sie wandte sich um – und fühlte sich plötzlich heftig von hinten angerempelt.

»Oh!«, schrie sie, als sie auf das harte Pflaster gestoßen wurde.

11

Hannah landete hart auf ihren Ellenbogen und Knien. Der Sturz raubte ihr den Atem. Ein heftiger Schmerz durchzuckte ihren ganzen Körper.

Was ist passiert?

Wer hat mich gestoßen?

Nach Luft schnappend, hob sie gerade rechtzeitig den Kopf, um Mr. Harder vorbeiwalzen zu sehen. Er brüllte wie besessen, die Jungs sollten stehen bleiben.

Hannah rappelte sich langsam hoch. Mr. Harder ist echt verrückt geworden!, dachte sie.

Als sie wieder auf den Beinen stand, starrte sie dem Ladenbesitzer nach. Ihre nackten Knie taten höllisch weh und ihr Herz hämmerte laut.

Er hätte sich wenigstens dafür entschuldigen können, dass er mich umgerannt hat, dachte sie sauer.

Sie beugte sich nach vorn, um ihre Knie im Licht der Eisdiele zu untersuchen. Waren sie aufgeschlagen?

Nein. Nur ein paar leichte Schrammen.

Während sie ihre Shorts ausklopfte, sah sie Mr. Harder eilig zu seinem Laden zurückkommen. Er war ein kleiner fetter Mann mit lockigem weißem Haar rings um sein rosa Gesicht. Er trug eine lange weiße Schürze, die beim Gehen im Wind flatterte, und seine herabhängenden Hände hatte er zu Fäusten geballt.

Hannah zog sich aus dem Lichtkreis zurück und duckte sich hinter einen dicken Baumstamm.

Sekunden später konnte sie hören, wie er sich hinter der Ladentheke lautstark bei seiner Frau beklagte.

»Was ist nur los mit diesen Gören?«, bellte er. »Sie holen sich Eis und laufen, ohne zu bezahlen, davon? Haben die denn keine Eltern? Haben die denn niemanden, der ihnen erklärt, was richtig und was falsch ist?«

Mrs. Harder murmelte etwas, um ihren Ehemann zu besänftigen. Hannah konnte nicht verstehen, was sie sagte.

Mr. Harders wütendes Geschrei noch in den Ohren, schlich sie sich hinter dem Baum hervor und lief in die Richtung davon, in die die Jungs gerannt waren.

Warum hatten Danny und seine Freunde bloß so eine idiotische Nummer abgezogen? War eine Portion Eis es wirklich wert, verhaftet zu werden und einen Eintrag in die Polizeiakten zu bekommen?

Einen halben Block weiter konnte sie Mr. Harder noch immer wutentbrannt in seinem kleinen Laden brüllen hören. Hannah begann zu rennen, erpicht darauf, von seiner wütenden Stimme fortzukommen. Ihr linkes Knie schmerzte.

Die Luft fühlte sich auf einmal erstickend heiß, drückend und schwül an. Hannahs Schweiß ließ einzelne Haarsträhnen an ihrer Stirn festkleben.

Sie rief sich noch einmal das Bild ins Gedächtnis zurück, wie Danny mit einer Eistüte in der Hand aus dem Laden gerannt war. Vor ihrem inneren Auge sah sie den verängstigten Ausdruck auf seinem Gesicht, als er flüchtete. Sie erinnerte sich an Alan und Fred dicht hinter ihm und wie ihre Turnschuhe bei ihrer wilden Flucht über das Pflaster gedröhnt waren.

Und nun rannte sie auch. Dabei wusste sie nicht einmal, warum eigentlich.

Ihr linkes Knie schmerzte noch immer von ihrem Sturz. Sie hatte den Marktplatz inzwischen hinter sich gelassen und rannte an dunklen Häusern und Rasenflächen vorbei.

So eine langweilige kleine Stadt, dachte sie.

Sie blieb abrupt stehen, als sie die Jungen sah. Sie hatten sich hinter eine hohe, mauerähnliche Hecke gekauert.

»He, Jungs!« Ihre Stimme kam nur als Flüstern heraus.

Sie lief die Straße hinunter und holte den Vorsprung der Jungen rasch auf. Als sie näher kam, konnte sie sehen, wie diese miteinander lachten und ihr Eis genossen.

Sie hatten sie noch nicht gesehen. Hannah bewegte sich durch den tiefen Schatten auf der anderen Straßenseite. Sie hielt sich in der Dunkelheit und schlich näher, bis sie auf dem Grundstück ihnen gegenüber angekommen war und sich hinter einem buschigen Immergrünstrauch verbarg.

Fred und Alan schubsten sich gegenseitig freundschaftlich und genossen ihren Triumph über den Ladenbesitzer. Danny stand in einiger Entfernung hinter ihnen an der hohen Hecke und schleckte ruhig an seiner Eistüte.

»Harder's hatten heute Abend ein Sonderangebot«, verkündete Alan lautstark. »Kostenloses Eis!«

Fred lachte wiehernd und schlug Alan kräftig auf den Rücken.

Beide Jungen wandten sich zu Danny um. Das Licht der Straßenlampe ließ ihre Gesichter blass und grünlich erscheinen. »Du hast ganz danach ausgesehen, als hättest du Schiss gehabt«, sagte Alan zu Danny. »Ich dachte schon, du würdest jeden Moment kotzen vor Angst.«

»He, das stimmt nicht«, erwiderte Danny mit Nachdruck. »Ich war der Erste, der draußen war, oder? Ihr seid so langsam gewesen, dass ich schon dachte, ich müsste zurück und euch raushauen.«

»Ganz bestimmt«, antwortete Fred höhnisch.

Danny haut ganz schön auf den Putz, stellte Hannah fest. Er versucht sich ihnen anzupassen.

»Das war schon aufregend«, sagte Danny und warf den Rest seiner Eistüte in die Hecke. »Aber vielleicht sollten wir vorsichtig sein. Ihr versteht schon. Wir sollten uns dort für eine Weile nicht blicken lassen.«

»Wieso? Wir haben doch schließlich keine Bank ausgeraubt oder so was«, sagte Alan. »Es war doch nur Eis.«

Fred sagte etwas zu Alan, was Hannah nicht hören konnte, und die beiden Jungen fingen an sich zu balgen, wobei sie ausgelassen kicherten.

»He, Jungs – nicht so laut«, warnte Danny. »Ich meine…«

»Kommt, wir gehen zu Harder's zurück«, schlug Alan vor. »Ich möchte *zwei* Portionen!«

Fred lachte wiehernd und klatschte mit seiner gegen Alans hochgereckte Hand. Danny stimmte in ihr Gelächter ein.

»Also, Jungs – wir sollten gehen«, sagte Danny.

Bevor seine Freunde antworten konnten, wurde die Straße hell erleuchtet.

Hannah drehte sich um und sah zwei helle Lichter auf sich zukommen. Autoscheinwerfer.

Die Polizei, dachte Hannah.

Erwischt. Sie werden alle drei geschnappt.

12

Der Wagen hielt an.

Hannah spähte hinter den Sträuchern hervor.

»Hallo, Kinder…«, rief der Fahrer den Jungen mit schroffer Stimme zu. Er streckte seinen Kopf aus dem Wagenfenster heraus.

Das ist nicht die Polizei, stellte Hannah fest und stieß einen langen Seufzer der Erleichterung aus.

Die Jungen blieben wie erstarrt an der Hecke stehen. Im dämmrigen Licht der Straßenlaterne konnte Hannah sehen, dass der Fahrer ein älterer, weißhaariger Mann war, der eine Brille trug.

»Wir tun überhaupt nichts. Wir unterhalten uns nur«, rief Fred dem Mann zu.

»Weiß jemand von euch, wie ich zur Bundesstraße komme?« Das Licht im Wageninneren ging an. Hannah konnte eine Landkarte in der Hand des Mannes sehen.

Fred und Alan lachten – ein erleichtertes Lachen. Danny starrte den Fahrer nur an und die Angst stand ihm noch immer ins Gesicht geschrieben.

»Die Bundesstraße?«, wiederholte der Mann.

»Die Bundesstraße ist die Fortsetzung der Hauptstraße«, erklärte Alan und zeigte in die Richtung, in der das Auto stand. »Fahren Sie noch zwei Straßen weiter. Dann biegen Sie rechts ab.«

Das Licht im Auto ging aus. Der Mann bedankte sich bei ihnen und fuhr davon.

Die Jungen sahen ihm nach, bis die Dunkelheit das Auto verschluckt hatte. Fred und Alan streckten ihre Arme hoch und klatschten sich gegenseitig in die Hände. Dann schubste Fred Alan in die Hecke. Alle lachten ausgelassen.

»Seht mal, wo wir sind«, sagte Alan plötzlich überrascht.

Die Jungen drehten sich zur Auffahrt um. Von ihrem Versteck auf der anderen Straßenseite aus folgte Hannah ihren Blicken.

Am Ende der Hecke stand ein großer hölzerner Briefkasten auf einer Stange. Ein handgeschnitzter Schwanenkopf saß oben auf dem Kasten, aus dessen Seiten anmutige Flügel wuchsen.

»Das ist Mr. Chesneys Haus«, sagte Alan und steuerte an der Hecke entlang auf den Briefkasten zu. Er packte die Flügel mit beiden Händen. »Habt ihr schon einmal so einen Briefkasten gesehen?«

»Mr. Chesney hat ihn selbst geschnitzt«, sagte Fred und kicherte albern. »So ein Blödmann.«

»Der ist sein ganzer Stolz«, feixte Alan. Er klappte den Deckel auf und guckte hinein. »Leer.«

»Würdest *du* ihm schreiben?«, sagte Danny und bemühte sich so großspurig zu klingen wie seine Freunde.

»He, ich hab 'ne Idee, Danny«, sagte Fred. Er trat hinter Danny und schubste ihn in Richtung des Briefkastens.

»Lass das!«, protestierte Danny.

Aber Fred schob ihn zu dem Briefkasten hin. »Zeig uns doch mal, wie stark du bist«, sagte Fred.

»Warte mal ...«, rief Danny.

Hannah beugte sich hinter dem niedrigen Strauch hervor. »O Mann«, murmelte sie vor sich hin. »Was haben die denn *jetzt* vor?«

»Nimm den Briefkasten«, hörte sie Alan herausfordernd zu Danny sagen. »Falls du dich traust.«

»Ja, eine Mutprobe«, fügte Fred hinzu. »Kannst du dich noch erinnern, wie du uns erzählt hast, was du dich alles traust, Danny? Dass du nie eine Mutprobe abschlagen würdest?«

»Ja. Das hast du uns erzählt. Du nimmst jede Herausforderung an«, sagte Alan und grinste.

Danny zögerte. »Na ja, ich ...«

Vor Angst bekam Hannah Bauchgrimmen. Während sie zusah, wie Danny auf Mr. Chesneys handgeschnitzten Briefkasten zusteuerte, hatte sie plötzlich so eine Vorahnung – das Gefühl, dass gleich etwas wirklich Schreckliches passieren würde.

Ich muss sie aufhalten, beschloss sie.

Sie holte tief Luft und trat hinter dem Strauch hervor.

Sie wollte zu ihnen hinüberrufen – doch in dem Moment wurde alles schwarz.

»He!«, rief sie laut.

Was ist passiert?

Ihr erster Gedanke war, dass die Straßenbeleuchtung ausgefallen war.

Doch dann sah Hannah vor sich zwei rote Kreise glühen.

Zwei glühende Augen umgeben von Dunkelheit.

Nur Zentimeter entfernt war die Schattengestalt vor ihr aufgetaucht.

Sie versuchte zu schreien, doch ihre Stimme kam nur erstickt heraus.

Sie wollte davonlaufen, aber die Gestalt versperrte ihr den Weg.

Die roten Augen brannten sich in ihre.

Kamen näher. Und näher.

Jetzt hat sie mich, schoss es Hannah durch den Kopf.

13

»Hannah …«, wisperte die Gestalt. »Hannah …«

Sie war so dicht, dass Hannah ihren heißen, fauligen Atem riechen konnte.

»Hannah … Hannah …« Ihr Flüstern klang wie raschelnde, tote Blätter.

Die rubinroten Augen brannten wie Feuer. Hannah fühlte, wie die Dunkelheit sie fest umschloss.

»Bitte …«, war alles, was sie herausbrachte.

»Hannah …«

Und dann war das Licht wieder da.

Hannah blinzelte und bemühte sich Luft zu bekommen. Der faulige Geruch hing ihr noch in der Nase. Aber die Straße war jetzt hell.

Autoscheinwerfer erfassten sie.

Sie … ist verschwunden, stellte Hannah fest. Das Licht hatte die Schattengestalt verjagt.

Aber würde sie zurückkehren?

Als das Auto vorbei war, ließ Hannah sich hinter dem niedrigen Immergrünstrauch auf den Boden fallen und bemühte sich wieder zu Atem zu kommen. Als sie hochblickte, kauerten die Jungen noch immer vor Mr. Chesneys Hecke.

»Gehen wir doch«, drängte Danny.

»Kommt nicht infrage – noch nicht«, sagte Alan und baute sich vor Danny auf, um ihm den Weg zu versperren. »Du hast wohl deine Mutprobe vergessen?«

Fred schubste Danny auf den Briefkasten zu. »Komm schon. Schnapp ihn dir.«

»Also, jetzt wartet mal.« Danny fuhr herum. »Ich habe nie gesagt, dass ich es tun würde.«

»Ich habe dich dazu herausgefordert, Mr. Chesneys Briefkasten zu klauen«, erklärte ihm Fred. »Schon vergessen? Du hast doch behauptet, du würdest jede Herausforderung annehmen, oder?«

Alan lachte. »Mr. Chesney wird morgen aus seinem Haus kommen und sein Schwan ist davongeflogen.«

»Nein, wartet...«, protestierte Danny. »Vielleicht ist das eine blöde Idee.«

»Das ist eine *super* Idee. Mr. Chesney ist ein Ekel.« Alan blieb hartnäckig. »Jeder in Greenwood Falls hasst diesen Mistkerl.«

»Also schnapp dir jetzt diesen Briefkasten, Danny«, forderte Fred ihn auf. »Reiß ihn heraus. Komm schon. Oder willst du kneifen?«

»Nein, ich...« Danny versuchte zurückzuweichen, doch Fred hielt ihn von hinten an den Schultern fest.

»Hast du Schiss?«, frotzelte Alan.

»Guck dir dieses feige Huhn an«, sagte Fred mit verstellter, kindischer Stimme. »Gack, gack.«

»Ich bin kein feiges Huhn«, schnauzte Danny wütend zurück.

»Beweis es«, verlangte Alan. Er packte Dannys Hände und legte sie auf die geschnitzten Flügel, die aus den beiden Seiten des Briefkastens herausragten. »Los jetzt! Beweis es!«

»Ein Heidenspaß!«, verkündete Fred. »Der Postmeister der Stadt – und sein Briefkasten fliegt davon.«

Tu's nicht, Danny, flehte Hannah leise in ihrem dunklen Versteck auf der anderen Seite der Straße. *Bitte… tu's nicht.*

Wieder kam ein Paar Scheinwerfer die Straße entlang und ließ die drei Jungen vom Briefkasten abrücken. Der Wagen fuhr vorbei, ohne langsamer zu werden.

»Kommt, gehen wir doch. Es wird schon spät«, hörte Hannah Danny sagen.

Doch Fred und Alan ließen nicht locker, hänselten ihn und forderten ihn heraus.

Während Hannah in den weißen Lichtschein der Straßenlampe starrte, trat Danny vor Mr. Chesneys Briefkasten und packte die beiden Flügel.

»Danny, warte…«, rief Hannah.

Er schien sie nicht zu hören.

Mit lautem Stöhnen fing er an daran zu zerren.

Der Briefkasten bewegte sich nicht.

Mit beiden Händen packte er den Pfosten, direkt unter dem Kasten.

Er zog noch einmal.

»Der steckt aber echt tief im Boden«, erklärte er Alan und Fred. »Ich weiß nicht, ob ich ihn rauskriege.«

»Versuch's noch mal«, drängte ihn Alan.

»Wir helfen dir«, sagte Fred und legte seine Hände über Dannys um den Briefkasten.

»Wir ziehen alle gemeinsam«, drängte Alan. »Ich zähle bis drei.«

»*Wenn ich einer von euch wäre, würde ich die Finger davon lassen!*«, ertönte eine Stimme hinter ihnen.

Sie fuhren herum und sahen Mr. Chesney, der sie von der Auffahrt her anfunkelte. Sein Gesicht war zu einer wütenden Grimasse verzerrt.

14

Mr. Chesney packte Danny bei den Schultern und zog ihn vom Briefkasten weg. Einer der hölzernen Schwanenflügel brach ab und blieb in Dannys Hand hängen. Während Mr. Chesney Danny wegzerrte, ließ der den Flügel auf den Boden fallen.

»Ihr Punker!«, keifte Mr. Chesney mit vor Wut aufgerissenen Augen. »Ihr … ihr …«

»Lassen Sie ihn los!«, schrie Hannah von der anderen Straßenseite. Aber ihre Stimme war erstickt von Angst. Ihr Schrei kam nur als Flüstern heraus.

Mit einem lauten Stöhnen riss sich Danny aus dem Griff des Mannes los.

Ohne ein weiteres Wort liefen die drei Jungen los. Sie rannten in der Mitte der dunklen Straße und ihre Turnschuhe dröhnten laut über den Asphalt.

»Ich merke mir eure Gesichter!«, rief Mr. Chesney ihnen nach. »Ich erkenne euch jederzeit. Und das nächste Mal habe ich mein Gewehr parat!«

Hannah beobachtete, wie Mr. Chesney sich bückte und den abgebrochenen Schwanenflügel aufhob. Er untersuchte den hölzernen Flügel und schüttelte verärgert den Kopf.

Dann lief sie los. Sie rannte durch die dunklen Vorgärten, verborgen von Hecken und niedrigen Sträuchern, in die Richtung, in die Danny und seine Freunde abgezogen waren.

Sie sah die Jungen um eine Ecke biegen und rannte weiter. Immer dicht hinter ihnen bleibend, folgte sie ihnen über den Marktplatz, der noch immer verlassen und dunkel dalag. Auch Harder's Eisdiele war mittlerweile geschlossen und der Laden hinter dem roten Schein der Neonreklame im Fenster war finster.

Zwei große Hunde, tolpatschige Tölen, dürr und mit zottigem Fell, überquerten vor ihnen die Straße. In gemächlichem Trott drehten sie ihre abendliche Runde. Die Hunde sahen nicht einmal auf, als die Jungen an ihnen vorbeisausten.

Einen halben Block weiter sah Hannah, wie Fred und Alan sich unter einen dunklen Baum fallen ließen und auf dem Boden liegend in den Himmel kicherten.

Danny lehnte an einem dicken Baumstamm und atmete schwer.

Fred und Alan konnten gar nicht mehr aufhören zu lachen. »Hast du sein Gesicht gesehen, als der blöde Flügel abbrach?«, rief Fred.

»Ich dachte schon, ihm würden die Augen aus dem Kopf fallen!«, rief Alan fröhlich. »Ich dachte, sein Kopf würde explodieren!«

Danny lachte nicht mit ihnen mit. Er rieb sich seine rechte Schulter mit der Hand. »Er hat mir fast die Schulter ausgerenkt, als er mich gepackt hat«, sagte er stöhnend.

»Du solltest ihn deswegen verklagen!«, schlug Alan vor.

Er und Fred lachten wie verrückt, setzten sich auf und klatschten sich gegenseitig in die hocherhobenen Hände.

»Nein, wirklich«, sagte Danny leise und rieb noch immer seine Schulter. »Er hat mir echt wehgetan. Als er mich herumschwang, dachte ich …«

»So ein Mistkerl«, sagte Fred und schüttelte den Kopf.

»Das müssen wir ihm heimzahlen«, fügte Alan hinzu. »Wir müssen …«

»Vielleicht sollten wir uns von dort fernhalten«, sagte Danny, der immer noch heftig atmete. »Ihr habt doch gehört, was er über sein Gewehr gesagt hat.«

Die beiden anderen Jungen lachten verächtlich. »Klar. Aber sicher. Er wird bestimmt mit seinem Gewehr auf uns losgehen«, spottete Alan und streifte sich das frisch geschnittene Gras aus seinen ungekämmten Haaren.

»Der hochgeschätzte Postmeister schießt auf unschuldige Kinder«, sagte Fred lachend. »Unmöglich. Er hat nur versucht uns Angst einzujagen – stimmt's, Danny?«

Danny hörte auf seine Schulter zu reiben und blickte stirnrunzelnd auf Alan und Fred hinunter, die noch immer im Gras saßen. »Ich weiß nicht.«

»Danny hat Schiss!«, rief Fred.

»Du hast doch nicht etwa Angst vor diesem alten Kauz, oder?«, wollte Alan wissen. »Nur weil er dich an der Schulter gepackt hat, heißt das doch noch lange nicht …«

»Ich weiß nicht!«, unterbrach ihn Danny ärgerlich. »Der alte Kerl schien mir ganz schön ausgerastet zu sein. Er war stinksauer! Vielleicht würde er ja wirklich schießen, um seinen wertvollen Briefkasten zu beschützen.«

»Ich wette, wir könnten ihn noch wütender machen«, sagte Alan leise, stand auf und blickte Danny scharf an.

»Klar. Ich wette auch, dass wir das könnten«, pflichtete Fred ihm bei und grinste.

»Es sei denn, du hast zu viel Schiss, Danny«, sagte Alan und baute sich dicht vor Danny auf. Seine Stimme klang schneidend.

»Ich... es ist spät geworden«, sagte Danny und versuchte in der Dunkelheit seine Uhr abzulesen. »Ich habe meiner Mutter versprochen nach Hause zu kommen.«

Fred stand auf und stellte sich neben Alan. »Wir könnten dem alten Chesney eine Lektion erteilen«, sagte er und wischte sich die Grashalme vom Hosenboden. Seine Augen leuchteten boshaft im schummrigen Licht. »Wir sollten ihm klarmachen, dass man sich nicht mit unschuldigen Kindern anlegt.«

»Ja, du hast recht«, stimmte Alan ihm zu. Seine Augen waren auf Danny gerichtet. »Er hat Danny verletzt. Er hatte kein Recht, ihn so grob anzufassen.«

»Ich muss jetzt nach Hause. Ich seh euch morgen, Leute«, sagte Danny und winkte ihnen zu.

»Okay. Bis morgen«, rief Fred ihm nach.

»Zumindest haben wir heute Abend unser Eis umsonst bekommen!«, rief Alan aus.

Während Danny eilig abzog, konnte Hannah Alan und Fred fröhlich und schrill kichern hören.

Eis umsonst, dachte sie und runzelte die Stirn. Diese zwei Typen sind wirklich auf Stunk aus.

Sie konnte nicht anders, sie musste mit Danny reden. »He!«, rief sie und rannte los, um ihn einzuholen.

Er fuhr erstaunt herum. »Hannah ... was tust *du* denn hier?«

»Ich ... ich bin dir gefolgt. Von der Eisdiele aus«, gestand sie ihm.

Er kicherte. »Du hast alles gesehen?«

Sie nickte. »Warum treibst du dich bloß mit diesen Typen herum?«, wollte sie wissen.

Er blickte finster vor sich hin, mied ihren Blick und legte einen Zahn zu. »Die sind schon in Ordnung«, murmelte er.

»Früher oder später werden sie einen Riesenärger bekommen«, prophezeite ihm Hannah. »Das werden sie ganz bestimmt.«

Danny zuckte die Achseln. »Die spielen doch nur den starken Maxe. Sie halten das für cool. Aber in Wirklichkeit sind sie ganz in Ordnung.«

»Aber sie haben Eis gestohlen ...« Hannah war der Meinung, dass sie bereits genug gesagt hatte.

Schweigend überquerten sie die Straße.

Hannah blickte nach oben und sah, wie die bleiche Mondsichel hinter schwarzen Wolkenfetzen verschwand. Die Straße wurde noch düsterer. Die Bäume schüttelten ihre Blätter und ringsherum raschelte es.

Danny kickte einen Stein über den Bürgersteig. Er landete mit einem leisen Geräusch im Gras. Plötzlich fiel Hannah wieder ein, wie sie früher am Abend zu Dannys Haus gegangen war, um ihn abzuholen. Über all der Aufregung wegen des geklauten Eises und Mr. Chesneys Briefkasten hatte sie ganz vergessen, was auf der hinteren Veranda seines Hauses passiert war.

»Ich... ich war heute Abend drüben bei deinem Haus«, begann sie zögernd. »Bevor ich in die Stadt gegangen bin.«

Danny blieb stehen, wandte sich zu ihr um und musterte sie. »Ja?«

»Ich dachte, du hättest vielleicht Lust, mit mir in die Stadt zu kommen oder so«, fuhr Hannah fort. »Deine Mutter war zu Hause. In der Küche.«

Er schaute sie weiter aufmerksam an, als wollte er ihre Gedanken lesen.

»Ich klopfte und klopfte an die Küchentür«, sagte Hannah. »Ich konnte deine Mutter am Küchentisch sitzen sehen. Sie saß mit dem Rücken zu mir. Sie hat sich nicht umgedreht oder sonst was.«

Danny antwortete nicht. Er senkte seinen Blick zu Boden und setzte sich, die Hände in den Taschen vergraben, wieder in Bewegung.

»Es war so merkwürdig«, fuhr Hannah fort. »Ich klopfte und klopfte. Richtig laut. Aber es war wie... es war, als ob sich deine Mutter in einer anderen Welt befinden würde. Sie hat nicht aufgemacht. Sie hat sich noch nicht einmal umgedreht.«

Vor ihnen kamen ihre Häuser in Sicht. Eine Lampe auf der Veranda warf ihren gelben Schein auf den Rasen vor Hannahs Haus. Auf der anderen Seite der Auffahrt ragte Dannys Haus in der Dunkelheit auf.

Plötzlich fühlte sich Hannahs Hals trocken an. Am liebsten hätte sie Danny gefragt, was sie ihn wirklich fragen wollte.

Bist du ein Geist? Ist deine Mutter auch ein Geist?

Das war die eigentliche Frage, die Hannah im Kopf herumspukte. Doch die war zu verrückt. Zu doof. Wie kann man einen Menschen fragen, ob er wirklich ist oder nicht? Ob er lebendig ist oder nicht?

»Danny ... warum ist deine Mutter nicht an die Tür gekommen?«, fragte sie leise.

Danny bog mit ernster Miene und zusammengekniffenen Augen in die Auffahrt ein. Sein Gesicht leuchtete unheimlich im fahlen gelben Licht der Veranda.

»Warum?«, wiederholte Hannah ungeduldig.

Er zögerte. »Ich glaube, ich sollte dir die Wahrheit sagen«, meinte er. Seine Stimme war ein Flüstern, so leise wie das Wispern der vom Wind bewegten Baumkronen.

15

Danny beugte sich vor, ganz nah an Hannah heran. Sie konnte sehen, dass seine verschwitzten roten Haare an seiner Stirn festgeklebt waren. Seine Augen bohrten sich tief in ihre.

»Es gibt eine ganz einfache Erklärung dafür, warum meine Mutter nicht an die Tür gekommen ist«, erklärte ihr Danny.

Weil sie ein Geist ist, dachte Hannah. Sie spürte, wie ihr ein eiskalter Schauer den Rücken hinunterlief. Ein Angstschauer.

Sie schluckte schwer. *Fürchte ich mich vor Danny?*, fragte sie sich selbst.

Ja, ein bisschen, stellte sie fest. Ihr schrecklicher Traum, in dem er vorgekommen war, kam ihr wieder ins Gedächtnis. *Ja, ein bisschen.*

»Weißt du«, begann Danny, zögerte dann aber. Er räusperte sich. Er trat nervös von einem Fuß auf den anderen. »Weißt du, meine Mutter ist taub.«

»Was?« Hannah war sich nicht sicher, ob sie ihn richtig verstanden hatte. Das war nun überhaupt nicht das, was sie erwartet hatte.

»Sie hatte mal eine Innenohrentzündung«, erklärte

Danny mit leiser Stimme und blickte Hannah dabei an. »In beiden Ohren. Vor ein paar Jahren. Der Doktor hat sie zwar behandelt, aber die Infektion weitete sich aus. Sie dachten, sie könnten wenigstens ein Ohr heilen, aber es gelang ihnen nicht. Sie wurde völlig taub.«

»Du ... du meinst ...?«, stotterte Hannah.

»Darum konnte sie dich nicht klopfen hören«, erklärte Danny. »Sie kann überhaupt nichts hören.« Er senkte seine Augen zu Boden.

»Ich verstehe«, antwortete Hannah verlegen. »Es tut mir leid. Das habe ich nicht gewusst. Ich dachte ... also, ich wusste nicht, *was* ich denken sollte.«

»Meine Mutter will nicht, dass jemand davon weiß«, fuhr Danny fort und ging rückwärts auf das Haus zu. »Sie denkt, die Leute würden sie bemitleiden, wenn sie davon wüssten. Sie kann sehr gut von den Lippen ablesen. Damit täuscht sie die meisten darüber hinweg.«

»Also, ich werde nichts sagen«, antwortete Hannah. »Ich meine, ich werde niemandem davon erzählen. Ich ...«

Plötzlich kam sie sich doof vor.

Mit gesenktem Kopf ging sie die Auffahrt in Richtung Haustür hinauf.

»Ich seh dich morgen«, rief Danny.

»Ja, okay«, antwortete sie, während sie über das nachgrübelte, was er ihr gerade erzählt hatte.

Sie blickte auf, um ihm zum Abschied zuzuwinken.

Doch er war verschwunden.

Hannah drehte sich um und trabte um ihr Haus herum zur Hintertür. Was Danny ihr erzählt hatte, bedrückte sie. Ihr wurde klar, dass all die Gedanken, die sie sich um Geister gemacht hatte, möglicherweise völlig falsch waren.

Ihre Eltern hatten ihr immer prophezeit, dass ihre Fantasie eines Tages mit ihr durchgehen würde.

Nun ist es vielleicht wirklich passiert, grübelte Hannah unglücklich.

Vielleicht bin ich völlig übergeschnappt.

Sie bog um die Hausecke und steuerte auf die Hintertür zu. Ihre Turnschuhe platschten über den weichen, matschigen Boden.

Die Lampe über der Veranda warf einen schmalen Kegel weißen Lichtes auf die Zementstufen.

Hannah hatte die Hintertür beinahe erreicht, als die in schwarze Schatten gehüllte dunkle Gestalt mit Augen, so rot wie glühende Kohlen, ins Licht trat und ihr den Weg versperrte.

»Hannah … halte dich fern«, flüsterte sie und richtete ihren langen schattenhaften Finger drohend auf Hannah.

16

Von Entsetzen gepackt, dachte Hannah, sie sähe den Schatten eines bösartigen Lächelns in dem tieferen Schatten, der über der Veranda schwebte. »Hannah, halte dich fern. Halte dich fern von DANNY!«

»Neeeeeiiiiin!«

In ihrer Panik bekam Hannah gar nicht mit, dass das Heulen aus ihrer Kehle kam.

Als Reaktion auf ihren Schrei glühten die Augen noch heller. Der flammende Blick brannte sich in ihre Augen und zwang sie dazu, ihr Gesicht mit beiden Händen zu bedecken.

»Hannah... hör auf meine Warnung.« Ein entsetzliches, trockenes Flüstern.

Das Flüstern des Todes.

Der sehnige schwarze Finger richtete sich im Schein des weißen Verandalichtes wieder drohend gegen sie.

Und wieder schrie Hannah mit einer Stimme, heiser vor Entsetzen: *»Neeeeiiin!«*

Die dunkle Gestalt schwebte näher.

Näher.

Und dann ging die Küchentür auf und warf ein lang gestrecktes Lichtrechteck über den Hof.

»Hannah ... bist du das? Was ist hier los?«

Ihr Vater trat mit höchst besorgter Miene ins Licht und seine Augen spähten durch die viereckigen Gläser seiner Brille in die Dunkelheit.

»Dad!« Hannah blieb die Stimme im Halse stecken. »Pass auf, Dad ... er ... er ...«, und sie deutete mit der Hand.

Deutete mit der Hand ins Leere.

Deutete auf das leere Lichtrechteck, das durch die Küchentür fiel.

Deutete auf nichts.

Die Schattengestalt war wieder einmal verschwunden.

Ihr Kopf drehte sich und sie fühlte sich schwindlig.

Verängstigt huschte sie an ihrem Vater vorbei ins Haus.

Sie erzählte ihren Eltern von der schrecklichen dunklen Gestalt mit den rot glühenden Augen. Ihr Vater suchte sorgfältig den Garten hinterm Haus ab und der Strahl seiner Taschenlampe tanzte über den Rasen. Er fand keine Fußspuren im weichen, nassen Boden und auch sonst keine Anzeichen eines Eindringlings.

Hannahs Mutter starrte sie eindringlich an und musterte sie, als ob sie irgendeine Antwort in Hannahs Augen zu finden hoffte.

»Ich ... ich bin nicht verrückt«, stotterte Hannah zornig.

Mrs. Fairchilds Wangen färbten sich rosa. »Das weiß ich«, antwortete sie beunruhigt.

»Soll ich die Polizei rufen? Da hinten ist nichts«,

sagte Mr. Fairchild und fuhr sich durch sein spärliches braunes Haar. Die Gläser seiner Brille spiegelten das Licht der Küchenlampe wider.

»Ich gehe gleich ins Bett«, erklärte ihnen Hannah und ging schnurstracks auf die Tür zu. »Ich bin echt müde.«

Ihre Beine fühlten sich zittrig und schwach an, als sie den Flur entlang zu ihrem Zimmer lief.

Mit einem müden Seufzer öffnete sie ihre Zimmertür.

Die dunkle Gestalt wartete neben ihrem Bett auf sie.

17

Hannah stockte der Atem und sie wich langsam zurück.

Doch als das Licht vom Flur ins Zimmer fiel, erkannte sie, dass sie gar nicht auf die schreckliche Gestalt starrte.

Sie starrte auf ihren langärmeligen dunklen Pullover, den sie über den Bettpfosten am Fußende gehängt hatte.

Hannah hielt sich am Türrahmen fest. Sie wusste nicht so recht, ob sie lachen oder weinen sollte.

»Was für eine Nacht!«, rief sie laut.

Sie schaltete das Deckenlicht an und schloss die Tür. Als sie durchs Zimmer ging, um den Pullover vom Bettpfosten zu nehmen, zitterte sie am ganzen Körper.

Sie zog sich rasch aus, verstreute ihre Klamotten über den Fußboden und schlüpfte in ein Nachthemd. Dann kroch sie unter ihre Bettdecke und hoffte darauf, möglichst rasch einzuschlafen.

Aber sie konnte nichts dagegen tun, dass ihr alles, was passiert war, weiterhin durch den Sinn ging. Sie konnte die schrecklichen Bilder, die ihr wieder und wieder durch den Kopf spukten, einfach nicht stoppen.

Die Schatten der Bäume draußen im Vorgarten bewegten sich unruhig über die Zimmerdecke. Normalerweise fand sie deren geräuschlosen Tanz beruhigend. Doch in dieser Nacht jagten ihr die sich bewegenden Schatten Angst ein und erinnerten sie an die bedrohliche dunkle Figur, die sie beim Namen gerufen hatte.

Um sich abzulenken, versuchte sie an Danny zu denken. Doch diese Gedanken waren genauso beunruhigend.

Danny ist ein Geist, Danny ist ein Geist.

Dieser Satz wiederholte sich wieder und wieder in ihrem Kopf.

Er *muss* mich wegen seiner Mutter angelogen haben, entschied Hannah. Er hat sich die Geschichte, dass sie taub ist, nur ausgedacht, damit ich nicht herausfinde, dass *sie* auch ein Geist ist.

Fragen über Fragen.

Fragen, die sie nicht beantworten konnte.

Wenn Danny ein Geist ist, was tut er dann hier? Warum ist er ins Haus nebenan eingezogen?

Warum treibt er sich mit Alan und Fred herum? Sind sie auch Geister?

Ist das der Grund, warum sie mir nie zuvor in der Schule oder in der Stadt begegnet sind? Ist das der Grund, warum ich keinen von ihnen jemals zuvor gesehen habe? Sind sie alle Geister?

Hannah schloss die Augen und bemühte sich all diese Fragen aus ihrem Kopf zu vertreiben. Doch sie konnte nicht aufhören über Danny nachzugrübeln – und über die dunkle Schattengestalt.

Warum hat mir die dunkle Gestalt gesagt, ich solle

mich von Danny fernhalten? Will sie mich davon abhalten zu beweisen, dass Danny ein Geist ist?

Endlich schlief Hannah ein. Doch selbst im Schlaf hatte sie keine Ruhe vor ihren beunruhigenden Gedanken.

Der mächtige schwarze Schatten verfolgte sie in ihren Träumen. Im Traum stand sie in einer grauen Höhle. Weit entfernt, am Eingang zur Höhle, brannte ein helles Feuer.

Die schwarze Gestalt, deren Augen heller als das Feuer glühten, bewegte sich auf Hannah zu. Näher. Und näher.

Und als die schwarze Gestalt ganz nah herangekommen war, nah genug, dass Hannah nach ihr hätte greifen und sie berühren können, langte die Schattengestalt mit beiden spindeldürren Armen hoch und riss sich selbst entzwei.

Sie griff mit ihren ebenholzschwarzen Händen und ihren knochendürren Fingern hoch und zog die Dunkelheit dort weg, wo ihr Gesicht hätte sein müssen – und darunter kam Danny zum Vorschein.

Danny, der sie mit glühend roten Augen, die sich in ihre bohrten, anstierte – bis sie, nach Luft schnappend, aufwachte.

Nein, dachte sie und blickte zum Fenster hinaus in die graue Dämmerung. *Nein. Danny ist nicht der schwarze Schatten.*

Auf gar keinen Fall.

Nicht Danny.

Die Gestalt kann nicht Danny sein. Der Traum macht keinen Sinn.

Hannah setzte sich auf. Ihre Bettwäsche war feucht vor Schweiß. Die Luft im Zimmer war dampfig.

Sie strampelte die Decke fort und setzte ihre Füße auf den Boden.

Nach einer langen Nacht voller Furcht einflößender Gedanken war sie sich nur einer einzigen Sache sicher.

Sie musste mit Danny reden.

Sie konnte sich nicht noch eine Nacht wie diese um die Ohren schlagen.

Sie musste die Wahrheit herausfinden.

Am nächsten Morgen, gleich nach dem Frühstück, sah sie, wie er im Garten hinter seinem Haus einen Fußball durch die Gegend kickte. Sie riss die Küchentür auf und rannte hinaus. Die Fliegengittertür knallte laut hinter ihr zu, als sie zu ihm hinüberlief.

»He, Danny…«, rief sie ihm entgegen. »Bist du ein Geist?«

18

»Was ist los?« Danny warf ihr einen Blick zu und kickte dann seinen schwarz-weißen Fußball wieder gegen die Seitenwand der Garage. Er trug ein marineblaues T-Shirt über abgeschnittenen Jeans. Über sein rotes Haar hatte er sich eine blaue und eine rote Kappe der Cubs gestülpt.

Hannah rannte mit Vollgas über die Auffahrt hinüber und blieb ein paar Schritte vor ihm stehen. »Bist du ein Geist?«, wiederholte sie atemlos.

Er runzelte die Stirn und blinzelte ihr entgegen. Der Ball plumpste ins Gras. Danny ging hin und kickte ihn. »Klar, was denkst du«, sagte er.

»Nein, im Ernst.« Hannah blieb hartnäckig. Ihr Herz hämmerte.

Der Ball prallte in hohem Bogen von der Garagenwand zurück und Danny stoppte ihn mit der Brust. »Was hast du gesagt?« Er kratzte sich in der Kniekehle.

Er guckt mich an, als wäre ich völlig durchgedreht, stellte Hannah fest.

Vielleicht bin ich es ja.

»Nicht so wichtig«, sagte sie und schluckte schwer. »Kann ich mitspielen?«

»Logo.« Er ließ den Ball ins Gras fallen. »Wie geht's dir?«, fragte er. »Alles klar heute?«

Hannah nickte. »Ja, glaub schon.«

»Das war ganz schön irre gestern Abend«, sagte Danny und kickte ihr den Ball sachte zu. »Ich meine, beim Haus von Mr. Chesney.«

Der Ball rollte an Hannah vorbei. Sie lief ihm nach und schoss ihn zurück. Normalerweise war sie ziemlich sportlich. Doch heute Morgen trug sie Sandalen, die zum Balltreten nicht besonders geeignet waren.

»Ich hatte echt Angst«, gab Hannah zu. »Ich dachte, das Auto, das stehen blieb, wäre die Polizei und …«

»Allerdings. Das war heftig«, sagte Danny. Er hob den Ball auf und kickte ihn mit dem Kopf zu ihr zurück.

»Gehen Alan und Fred wirklich auf die Mittelschule in der Ahornstraße?«, fragte Hannah. Der Ball traf sie am Knöchel und rollte zur Auffahrt.

»Klar. Sie kommen in die neunte Klasse«, erklärte ihr Danny, der wartete, dass sie den Ball zurückschoss.

»Sie sind nicht neu hier? Wie kommt's, dass ich sie noch nie gesehen habe?« Sie trat kräftig gegen den Ball.

Danny sprang nach rechts, um ihn zu bekommen. Er lachte. »Wie kommt's, dass sie *dich* noch nie gesehen haben?«

Er gibt mir keine richtigen Antworten, stellte Hannah fest. Ich glaube, meine Fragen machen ihn nervös. Ihm ist klar, dass ich dabei bin, die Wahrheit über ihn herauszufinden.

»Alan und Fred wollen noch einmal zu Mr. Chesneys Haus«, berichtete Danny.

»Was wollen sie denn da?« Sie verfehlte den Ball und trat einen Grasklumpen los. »Au! In Sandalen kann ich nicht Fußball spielen!«

»Sie möchten heute Abend noch einmal hingehen. Verstehst du? Um es dem alten Chesney heimzuzahlen. Er hat mir meine Schulter übel zugerichtet.«

»Ich glaube, Alan und Fred wollen echt Stunk machen«, warnte ihn Hannah.

Danny zuckte die Achseln. »*Sonst* gibt es in dieser Stadt doch nichts zu tun«, murmelte er.

Der Ball landete zwischen ihnen.

»Ich krieg ihn!«, schrien beide wie aus einem Mund.

Sie jagten dem Ball nach. Danny erwischte ihn zuerst. Er versuchte ihn von ihr wegzukicken. Doch sein Fuß traf den Ball zu weit oben. Er stolperte darüber und landete der Länge nach im Gras.

Hannah lachte und sprang über ihn weg, um den Ball zu bekommen. Sie schoss ihn gegen die Seitenwand der Garage, drehte sich zu Danny um und lächelte triumphierend. »Eins zu null für mich!«, verkündete sie.

Er setzte sich langsam auf. Die Vorderseite seines T-Shirts war mit Grasflecken übersät. »Hilf mir hoch.« Er streckte ihr seine Hände entgegen.

Hannah streckte ihre Arme aus, um Danny hochzuziehen – und ihre Hände gingen mitten durch ihn hindurch!

19

Sie stießen beide verblüffte Schreie aus.

»He, komm schon! Hilf mir hoch«, sagte Danny.

Mit hämmerndem Herzen versuchte Hannah noch einmal seine Hände zu packen.

Aber ihre Hände gingen durch seine einfach hindurch.

»He!«, schrie Danny mit vor Angst weit aufgerissenen Augen. Er sprang auf und schaute sie durchdringend an.

»Ich wusste es«, sagte Hannah leise und hob ihre Hände zu ihren Wangen hoch. Sie trat einen Schritt zurück, weg von ihm.

»Du wusstest es? Wusstest *was*?« Er hörte nicht auf sie mit einem völlig verwirrten Gesichtsausdruck anzustarren. »Was läuft hier eigentlich, Hannah?«

»Hör schon auf mir was vorzumachen«, sagte Hannah und fröstelte trotz der hellen Morgensonne. »Ich kenne die Wahrheit, Danny. Du bist ein Geist.«

»Was?« Sein Mund klappte ungläubig auf. Er nahm seine Cubs-Kappe ab und kratzte sich am Kopf. Dabei starrte er sie unablässig an.

»Du bist ein Geist«, wiederholte sie mit zittriger Stimme.

»Ich?«, schrie er. »Unmöglich! Bist du *verrückt*? Ich bin kein Geist!«

Ohne Vorwarnung trat er vor sie hin und stieß ihr gegen die Brust.

Hannah keuchte. Seine Hand ging einfach durch sie hindurch.

Sie fühlte überhaupt nichts. Es war, als ob sie gar nicht vorhanden gewesen wäre.

Danny schrie auf und seine Hand zuckte zurück, als hätte er sich verbrannt. Er schluckte schwer und sein Gesicht war vor Entsetzen verzerrt. »D... du...«, stammelte er.

Hannah wollte antworten, doch die Worte blieben ihr im Halse stecken.

Mit einem letzten entsetzten Blick drehte Danny sich um und begann, so schnell er konnte, zu seinem Haus zu laufen.

Hannah schaute ihm hilflos nach, bis er durch seine Hintertür verschwunden war. Die Tür fiel krachend hinter ihm ins Schloss.

Benommen drehte sich Hannah um und lief nach Hause.

Sie fühlte sich schwindlig. Der Boden schien sich unter ihr zu drehen. Der blaue Himmel schimmerte und wurde blendend hell. Ihr Haus schwankte und schien zu kippen.

»Nicht Danny ist der Geist«, sagte Hannah laut. »Nun kenne ich endlich die Wahrheit. Nicht Danny ist der Geist. *Ich bin es!*«

20

Hannah ging zur Hintertür, zögerte dann aber.

Ich kann jetzt nicht hineingehen, dachte sie. Ich muss nachdenken.

Vielleicht gehe ich besser spazieren oder so.

Sie schloss die Augen und bemühte sich das Schwindelgefühl abzuschütteln. Als sie sie wieder aufschlug, schien alles um sie herum viel heller zu sein. So hell, dass sie es kaum ertragen konnte.

Sie trat vorsichtig von der hinteren Veranda herunter und steuerte auf die vordere zu. In ihrem Kopf drehte sich alles.

Ich bin ein Geist.

Ich bin kein richtiger Mensch mehr.

Ich bin ein Geist.

Stimmen drangen in Hannahs verwirrte Gedanken. Jemand kam näher. Sie zog sich hinter den Stamm eines mächtigen Ahornbaumes zurück, sodass sie nicht mehr zu sehen war, und lauschte.

»Das ist wirklich ein wunderschönes Haus.« Hannah erkannte Mrs. Quiltys Stimme.

»Meine Cousine aus Detroit hat es sich letzte Woche angesehen«, sagte eine andere Frau. Hannah spähte um den Baumstamm herum und sah, dass es eine dünne, abgehärmt aussehende Frau war, die ein gelbes Sommerkostüm trug. Sie und Mrs. Quilty standen auf halber Höhe der Auffahrt und bewunderten Hannahs Haus.

Weil sie befürchtete gesehen zu werden, verzog sich Hannah wieder hinter den Baumstamm.

»Hat deiner Cousine das Haus gefallen?«, fragte Mrs. Quilty ihre Begleiterin.

»Zu klein«, war die kurz angebundene Antwort.

»Es ist wirklich schlimm«, sagte Mrs. Quilty mit einem lauten Seufzen. »Ich kann es nicht leiden, wenn in der Nachbarschaft ein Haus leer steht.«

Aber es steht nicht leer!, dachte Hannah zornig. Ich wohne hier! Meine ganze Familie wohnt hier – oder etwa nicht?

»Wie lange steht es denn schon leer?«, fragte die andere Frau.

»Seit es wieder aufgebaut wurde«, hörte Hannah Mrs. Quilty antworten. »Weißt du, nach diesem schrecklichen Feuer. Ich glaube, das war vor fünf Jahren.«

»Feuer?«, fragte Mrs. Quiltys Freundin. »Das war wohl, bevor ich hierhergezogen bin. Ist das Haus denn ganz abgebrannt?«

»Ziemlich«, erklärte ihr Mrs. Quilty. »Es war so entsetzlich, Beth. So eine Tragödie. Die ganze Familie war im Haus eingeschlossen. So eine nette Familie. Ein blutjunges Mädchen. Zwei kleine Jungen. Sie sind alle in dieser Nacht gestorben.«

Mein Traum!, dachte Hannah und krallte sich am Baumstamm fest, um sich aufrecht zu halten. *Es war kein Traum. Es war ein echtes Feuer. Ich bin in dieser Nacht wirklich gestorben.*

Hannah liefen Tränen übers Gesicht. Ihre Beine fühlten sich schwach und zittrig an. Sie lehnte sich gegen die raue Rinde des Baumes und lauschte.

»Wie ist denn das passiert?«, fragte Beth, Mrs. Quiltys Freundin. »Weißt du, was das Feuer ausgelöst hat?«

»Ja. Die Kinder haben hinter dem Haus ein Lagerfeuer angezündet. Hinter der Garage«, fuhr Mrs. Quilty fort. »Als sie wieder hineingingen, haben sie es nicht richtig gelöscht. Das Haus fing Feuer. Alle schliefen.«

Hannah sah, wie die beiden Frauen von der Auffahrt aus nachdenklich auf das Haus blickten. Sie schüttelten die Köpfe.

»Das Haus wurde abgerissen und dann völlig neu wieder aufgebaut«, sagte Mrs. Quilty. »Aber bis heute ist niemand eingezogen. Seit fünf Jahren. Kannst du dir das vorstellen?«

Ich bin schon seit fünf Jahren tot, dachte Hannah, während ihr die Tränen über die Wangen liefen. Kein Wunder, dass ich Danny und seine Freunde nicht kenne.

Ich bin seit fünf Jahren tot.

Nun verstand Hannah, warum die Zeit manchmal stillzustehen schien und manchmal so schnell verstrich.

Geister kommen und gehen, dachte sie traurig. Manchmal bin ich körperlich genug, um mit dem Rad zu fahren oder Fußball zu spielen. Und manchmal bin ich nur so schwach vorhanden, dass jemandes Hand glatt durch mich hindurchgeht.

Hannah schaute den beiden Frauen nach, wie sie die Straße hinuntergingen, bis sie außer Sicht waren. Sie blieb an den Baum gepresst stehen, ohne sich zu bewegen.

Langsam begann alles Sinn zu machen. Die traumähnlichen Sommertage. Die Einsamkeit. Das Gefühl, dass irgendetwas nicht stimmte.

Aber was ist mit Mom und Dad?, fragte sie sich und stieß sich vom Baum ab. Was ist mit den Zwillingen? Wissen sie, dass wir alle Geister sind?

»Mom!«, rief sie und lief auf die Haustür zu. »Mom!«

Sie stürmte ins Haus und lief den Flur entlang zur Küche. »Mom! Mom! Wo *bist* du? Bill? Herb?«

Stille.

Es war niemand da.

Sie waren alle verschwunden.

21

»Wo *seid* ihr?«, schrie Hannah laut. »Mom! Bill! Herb!«

Waren sie *für immer* verschwunden?

Wir sind *alle* Geister, dachte sie unglücklich. *Alle.*

Und nun haben sie mich ganz allein hiergelassen.

Ihr Herz pochte heftig, als sie sich in der Küche umblickte.

Sie war ausgeräumt. Leer.

Keine Frühstücksflockenpackungen auf der Anrichte, wo sie normalerweise standen. Keine witzigen Haftmagneten am Kühlschrank. Keine Vorhänge an den Fenstern. Keine Uhr an der Wand. Kein Küchentisch.

»Wo *seid* ihr?«, rief Hannah verzweifelt.

Sie trat von der Anrichte zurück und begann durchs Haus zu laufen.

Alles leer. Alles ausgeräumt.

Kein Kleidungsstück. Keine Möbel. Keine Lampen oder Poster an den Wänden oder Bücher in den Regalen.

Verschwunden. Alles verschwunden.

Sie haben mich hier zurückgelassen. Als Geist. Mutterseelenallein als Geist.

»Ich *muss* mit jemandem reden«, sagte sie laut. »Mit irgendjemandem!«

Sie suchte verzweifelt nach einem Telefon, bis sie ein rotes an der nackten Küchenwand fand.

Wen kann ich anrufen? Wen?

Niemanden.

Ich bin tot.

Ich bin seit fünf Jahren tot.

Sie nahm den Hörer ab und hielt ihn sich ans Ohr.

Stille. Die Telefonleitung war ebenfalls tot.

Mit einem hoffnungslosen Seufzer ließ Hannah den Telefonhörer zu Boden fallen. Ihr Herz hämmerte und wieder rollten Tränen ihre Wangen hinunter. Sie setzte sich auf den nackten Fußboden.

Leise schluchzend vergrub sie ihr Gesicht in den Armen und ließ sich von der Dunkelheit einhüllen.

Als sie die Augen wieder aufschlug, blieb es um sie herum dunkel.

Sie rappelte sich hoch und wusste anfangs nicht so recht, wo sie sich befand. Sie fühlte sich verspannt und wacklig auf den Beinen. Sie sah zum Küchenfenster. Der Himmel draußen war blau-schwarz.

Nacht.

Die Zeit dehnt sich und zieht sich zusammen, wenn man ein Geist ist, stellte Hannah fest. Deshalb war ihr der Sommer so kurz und gleichzeitig endlos vorgekommen. Sie reckte ihre Arme zur Decke hinauf und spazierte dann aus der Küche hinaus.

»Jemand zu Hause?«, rief sie.

Sie war von der Stille als Antwort auf ihre Frage nicht sonderlich überrascht.

Ihre Familie war verschwunden.

Aber wohin?

Während sie durch den dunklen, engen Flur auf die Vordertür zusteuerte, hatte sie wieder so eine Vorahnung. Ein schreckliches Gefühl.

Etwas Schlimmes würde passieren.

Jetzt? Heute Abend?

An der Haustür blieb sie stehen und spähte durch die Fliegengittertür hinaus. Danny saß auf seinem Fahrrad und fuhr gemächlich seine Auffahrt hinunter.

Ohne lange zu überlegen, riss Hannah die Fliegengittertür auf und rannte hinaus.

»He ... Danny!«

Er bremste sein Fahrrad ab und drehte sich um.

»Danny ... warte!«, rief sie und lief durch ihren Vorgarten auf ihn zu.

»Nein ... bitte!« Auf seinem Gesicht machte sich Furcht breit. Er hob beide Hände hoch, als wollte er sich vor ihr schützen.

»Danny?«

»Geh weg!,« schrie er, und seine Stimme war schrill vor Angst. *»Bitte ... bleib mir vom Hals!«* Er packte den Lenker und strampelte wie ein Wilder los.

Gekränkt und wie vom Donner gerührt, blieb Hannah stehen. »Du brauchst doch keine Angst vor mir zu haben!«, rief sie ihm nach. Sie hatte ihre Hände um den Mund gelegt, damit er sie besser hören konnte. »Danny, bitte ... hab keine Angst!«

Über den Lenker gebeugt und ohne noch einmal zurückzublicken, sauste er davon.

Hannah stieß einen enttäuschten Seufzer aus.

Als Danny an der nächsten Straßenecke verschwunden war, wurde sie wieder von einem schrecklichen Vorgefühl erfasst.

Ich weiß, wohin er radelt, dachte sie.

Er trifft sich mit Alan und Fred und sie werden zu Mr. Chesneys Haus fahren. Sie werden sich an Mr. Chesney rächen.

Und etwas ganz Schlimmes wird passieren.

Ich werde auch hinfahren, beschloss Hannah.

Ich *muss* auch hin.

Sie sauste zur Garage, um ihr Fahrrad zu holen.

Mr. Chesney hat seinen Briefkasten repariert, stellte Hannah fest. Die handgeschnitzten Schwanenflügel breiteten sich auf beiden Seiten der Stange aus, die wieder aufgestellt war.

Sie kauerte sich hinter denselben niedrigen Immergrünstrauch und beobachtete die Jungen auf der anderen Straßenseite. Die standen zögernd an der Ecke von Mr. Chesneys Garten, durch eine hohe Hecke zum Haus hin verdeckt.

Im bleichen, weißen Licht der Straßenlampe konnte Hannah sehen, wie sie grinsten und Witze rissen. Dann sah sie, wie Fred Danny in Richtung des Briefkastens schob.

Hannah richtete sich auf und warf einen Blick auf Mr. Chesneys kleines Haus auf der anderen Seite der Hecke. Aus dem Wohnzimmerfenster drang gedämpftes oranges Licht. Die Lampe auf der Veranda war eingeschaltet. Das übrige Haus lag in Dunkelheit.

War Mr. Chesney zu Hause? Hannah war sich nicht sicher.

Sein heruntergekommener alter Plymouth stand nicht in der Auffahrt.

Hannah kauerte sich hinter dem Immergrünstrauch zusammen. Seine stachligen Zweige bewegten sich im schwachen Wind.

Sie sah zu, wie Danny sich abmühte den Briefkasten herauszureißen. Alan und Fred standen hinter ihm und feuerten ihn an.

Danny hatte die beiden hervorstehenden Flügel gepackt und zerrte daran.

Fred schlug ihm auf den Rücken. »Fester!«, rief er.

»So ein Schwächling!«, verkündete Alan und lachte.

Hannah sah weiter nervös zum Haus hinüber. Die Jungen machten so viel Krach. Wieso waren sie sich bloß so sicher, dass Mr. Chesney nicht zu Hause war? Woher wollten sie wissen, ob Mr. Chesney sein Versprechen nicht wahr machen und mit seinem Gewehr auf sie losgehen würde?

Hannah schauderte. Sie spürte, wie ihr Schweißtropfen über die Stirn liefen.

Sie beobachtete Danny, der wie wild an dem Briefkasten zerrte. Mit einem heftigen Ruck zog er an der Stange.

Fred und Alan jubelten ausgelassen.

Danny begann am Briefkasten zu rütteln. Er drückte mit der Schulter dagegen und riss ihn wieder zurück. Der Briefkasten lockerte sich und kippte mit jedem Ruck weiter.

Hannah hörte Dannys lautes Stöhnen, als er noch einmal heftig dagegendrückte. Der Briefkasten fiel seitlich zu Boden. Danny trat mit einem triumphierenden Lächeln auf dem Gesicht zurück.

Fred und Alan jubelten und klatschten mit den Händen begeistert gegen Dannys hochgereckte Hand.

Fred hob den Briefkasten hoch, hievte ihn sich auf die Schulter und stolzierte damit vor der Hecke auf und ab, als wäre es eine gegnerische Fahne.

Während sie ihren Sieg feierten, warf Hannah wieder einen Blick über die Hecke zu dem spärlich beleuchteten Haus hinüber.

Keine Spur von Mr. Chesney.

Vielleicht war er ja nicht zu Hause. Vielleicht würden die Jungen davonkommen, ohne geschnappt zu werden.

Doch warum hatte Hannah noch immer dieses bedrückende, schreckliche Angstgefühl, das sie am ganzen Körper frösteln ließ?

Sie hielt den Atem an, denn ein Schatten glitt an einer Ecke des Hauses entlang.

Mr. Chesney?

Nein.

Während Hannah sich anstrengte, im dämmrigen Licht etwas zu erkennen, spürte sie, wie das Herz in ihrer Brust wild zu hämmern anfing.

Da drüben war niemand. Doch woher stammte dann der Schatten?

Sie hatte ihn wirklich ganz sicher gesehen, einen Umriss, der dunkler war als die langen Nachtschatten und der am Haus vorbeiglitt und sich von dessen Grau abhob.

Die lauten Stimmen der Jungen unterbrachen ihren Gedankengang und zogen ihre Aufmerksamkeit vom Haus weg.

Fred hatte den Briefkasten in die Hecke geschleudert. Jetzt diskutierten sie über etwas und stritten sich lautstark. Alan lachte. Fred gab Alan einen freundschaftlichen Stoß. Danny sagte etwas, doch Hannah konnte nicht verstehen, was.

Verschwindet, drängte Hannah in Gedanken. *Verschwindet von hier. Ihr habt euren blöden Streich gespielt und eure doofe Rache gehabt.*

Verschwindet jetzt – bevor ihr erwischt werdet.

Die Zweige des Immergrünstrauches tanzten leise in einem warmen Windhauch. Hannah zog sich, die Augen unablässig auf die Jungen gerichtet, zurück in die Dunkelheit.

Die Jungen standen dicht beieinander in der Auffahrt. Sie unterhielten sich aufgeregt, alle drei gleichzeitig. Dann sah Hannah ein Licht aufflackern. Es leuchtete einen Moment lang und ging wieder aus.

Das war ein Streichholz, dämmerte es Hannah.

Alan hielt eine große Schachtel Streichhölzer in der Hand.

Hannah blickte nervös zum Haus hinüber. Alles war ruhig. Kein Mr. Chesney. Kein Schatten, der an der Wand entlangstrich.

Geht nach Hause, geht nach Hause, redete sie den Jungen leise zu.

Doch zu ihrem Entsetzen wandten die sich um und trabten die Auffahrt hinauf. Sie bückten sich tief beim Laufen, um vom Haus aus nicht gesehen zu werden.

Was machen sie nur?, fragte sich Hannah und spürte, dass sich all ihre Muskeln vor Unbehagen verspannt hatten. Ein Angstschauer lief ihr den Rücken hinunter, als sie hinter dem Immergrünstrauch hervortrat.

Was haben sie denn bloß vor?

Sie huschte rasch über die Straße und duckte sich mit klopfendem Herzen vor der Hecke.

Sie konnte die Jungen nicht hören. Sie mussten jetzt beinahe am Haus sein.

Sollte sie ihnen folgen?

Sie richtete sich langsam auf und stellte sich auf die Zehenspitzen, um über die Hecke sehen zu können.

Alan an der Spitze, gefolgt von Danny und Fred, rannten die drei Jungen hastig und tief gebückt zur Vorderseite des Hauses. Als sie von dem schwachen orangen Licht, das aus dem Fenster fiel, erfasst wurden, konnte Hannah ihre entschlossenen Mienen sehen.

Wohin gehen sie? Was haben sie vor?

Hannah sah zu, wie die drei in die Dunkelheit an der Seite des Hauses rannten.

Noch immer kein Anzeichen von Mr. Chesney.

Sich dicht an der Hecke haltend, schlich Hannah die Auffahrt hinauf. Dann rannte sie, ohne nachzudenken und ohne sich darüber im Klaren zu sein, ebenfalls los.

Sie hielt unvermittelt inne, als sie sah, wie Alan Danny durch ein offenes Fenster schob. Dann trat Fred einen Schritt vor, legte die Hände auf die Fensterbrüstung und ließ sich von Alan hochhelfen.

Nein… bitte!, wollte Hannah schreien.

Geht nicht in das Haus! Geht da nicht rein!

Doch es war zu spät.

Alle drei Jungen waren ins Haus gestiegen.

Schwer atmend schlich Hannah auf das Fenster zu.

Doch auf halbem Weg fühlte sie, wie etwas ihr Bein packte und sie festhielt.

22

Hannah stieß einen leisen Schrei aus.

Sie mühte sich ab, ihr Bein freizubekommen – und stellte rasch fest, dass sie in einen zusammengerollten Gartenschlauch getreten war.

Laut aufatmend zog sie ihren Fuß heraus und schlich sich an das offene Fenster heran.

Diese Seite des Hauses lag im völligen Dunkel. Das Fenster war zu hoch, als dass Hannah ins Zimmer hätte sehen können.

Während sie unter dem Fenster stand, konnte sie die Turnschuhe der Jungen über den nackten Holzboden trappeln hören. Sie hörte flüsternde Stimmen und schrilles, gedämpftes Lachen.

Was tun die da drinnen?, fragte sie sich. Ihr ganzer Körper war angespannt vor Angst.

Ist ihnen nicht klar, in was für Schwierigkeiten sie geraten können?

Helles Licht, das auf die Hauswand fiel, ließ Hannah erschrocken zurückspringen.

Sie fiel zu Boden. Durch die hohe Hecke sah sie Scheinwerfer. Autoscheinwerfer, die auf die Auffahrt zukamen.

Mr. Chesney?

Kam er nach Hause zurück? Kam er rechtzeitig nach Hause zurück, um die drei Eindringlinge in seinem Haus zu erwischen?

Hannah öffnete den Mund, um die Jungen zu warnen. Aber ihr Warnschrei blieb ihr im Halse stecken.

Die Scheinwerfer zogen vorbei. Die Dunkelheit hüllte den Garten hinter dem Haus wieder ein.

Der Wagen brummte leise weiter.

Das war nicht Mr. Chesney, stellte Hannah fest.

Sie rappelte sich hoch und kehrte zu ihrem Platz unter dem Fenster zurück. Sie beschloss die Jungen wissen zu lassen, dass sie hier war. Sie musste sie dazu bringen, da *heraus*zukommen!

»Danny!«, rief sie und legte ihre Hände wie ein Megafon um ihren Mund. »Kommt raus! Macht schon … kommt *sofort* heraus!«

Das Angstgefühl lastete schwer auf ihr. Sie rief noch einmal zum Fenster hinauf. »Kommt raus. Beeilt euch … bitte!«

Von drinnen drangen gedämpfte Stimmen zu ihr. Und sie konnte das Schrappen von Turnschuhen auf dem Boden hören. Während sie zum Fenster hinaufstarrte, sah sie, wie ein Licht anging. Oranges Licht, schwach zuerst, dann immer heller.

»Seid ihr *verrückt* geworden?«, schrie sie zu ihnen hinein. »Macht das Licht aus!«

Warum, um alles in der Welt, schalteten sie die Lampen ein?

Wollten sie denn unbedingt erwischt werden?

»Macht das Licht aus!«, wiederholte sie mit hoher, schriller, ängstlicher Stimme.

Doch das orange Licht wurde heller und schließlich strahlend gelb.

Und während sie entsetzt hinsah, stellte Hannah fest, dass das Licht flackerte.

Das war kein Schein von Lampen.

Das war der Schein von *Feuer*.

Feuer!

Sie hatten ein Feuer gelegt!

»Nein!«, brüllte sie und riss verzweifelt die Arme hoch. »Nein! Raus mit euch! Kommt da raus!«

Jetzt konnte sie den Rauch riechen. Sie konnte das Spiegelbild der züngelnden Flammen im Fensterglas sehen.

Sie wollte ihnen noch einmal etwas zurufen – ließ es aber bleiben, als sie an der Hauswand den Schatten auf sich zukommen sah.

Hannah blieb wie erstarrt stehen.

Sie sah die dunkle Gestalt, schwärzer als die Nacht, mit roten Augen, die hell in der Schwärze ihres Gesichtes glühten.

Die Gestalt kam geräuschlos auf sie zu und schwebte rasch über das hohe Gras voller Unkraut. Ihre roten Augen schienen im Näherkommen noch heller zu werden.

»Hannah – halt dich fern!«, rief der herankommende Schatten mit einer Stimme, so trocken wie abgestorbene Blätter.

»Hannah – halt dich fern!«

»Neeeiiin!« Hannah stieß ein entsetztes Heulen aus,

als die Gestalt auf sie zukam. Ein Schwall frostiger Luft hüllte ihren Körper ein. »Neeiin!«

»Hannah … Hannah …«

»Wer bist du?«, wollte sie wissen. »Was willst du?«

Hinter sich konnte sie jetzt das Knistern der Flammen hören. Gelbes Licht flackerte hinter erstickenden Wolken schwarzen Rauches, der aus dem Fenster drang.

Die feurigen Augen glühten noch heller, als sich die Schattengestalt aufrichtete, näher und näher schwebte, ihre Arme ausstreckte, bereit, Hannah in sich hineinzuziehen.

23

Von Angst gepackt, hob Hannah abwehrend die Hände vor sich hoch, wie um sich dadurch zu schützen.

Sie hörte ein plötzliches Scharren am Fenster. Einen gedämpften Schrei über ihrem Kopf.

Die Schattengestalt verschwand.

Und dann spürte sie, wie jemand auf sie drauffiel.

Verknäult plumpsten sie beide zu Boden.

»Alan!«, schrie sie.

Der rappelte sich hoch, die Augen vor Panik aufgerissen. »Die Streichhölzer!«, schrie er. »Die Streichhölzer! Das ... das haben wir nicht gewollt. Wir ...«

Noch eine Gestalt kam aus dem Fenster herausgesprungen, während das Knistern der Flammen sich in Brüllen verwandelte. Fred landete heftig auf Ellenbogen und Knien.

Hannah blickte ihm in dem flackernden orangen Schein in sein verwirrtes Gesicht. »Fred ... wie geht's dir?«

»Danny«, murmelte er und guckte sie voller Entsetzen an. »Danny ist da drin. Er kann nicht heraus.«

»Was?« Hannah sprang auf die Füße.

»Danny ist vom Feuer eingeschlossen. Er wird verbrennen!«, schrie Alan.

»Wir müssen Hilfe holen!«, schrie Fred gegen das Brüllen des Feuers an. Er zog Alan am Arm mit sich. Die beiden Jungen liefen los und rannten mit unsicheren Schritten über den Hinterhof zum Haus nebenan.

Helle orange und gelbe Flammen züngelten am Fensterbrett über Hannahs Kopf.

Ich muss Danny retten, schoss es ihr durch den Kopf.

Sie holte tief Atem und starrte zum flackernden, lodernden Schein des Feuers hoch. Dann steuerte sie auf das offene Fenster zu.

Doch bevor sie einen Schritt machen konnte, verschwand das Licht aus dem Fenster. Direkt vor ihr richtete sich der Schatten auf.

»Hannah... lauf weg.« Sein Angst einflößendes, raues Flüstern war ganz dicht an ihrem Gesicht. »Verschwinde.«

»Nein!«, brüllte Hannah und vergaß ihre Furcht. »Ich muss Danny retten.«

»Hannah... du wirst ihn nicht retten!«, kam es krächzend als Antwort.

Die dunkle Gestalt schwebte mit feurigen Augen über Hannah und versperrte ihr den Weg zum Fenster.

»Lass mich durch!«, brüllte sie. »Ich muss ihn retten!«

Die roten Augen kamen näher. Die Dunkelheit um sie herum wurde noch undurchdringlicher.

»Wer *bist* du?«, kreischte Hannah. »*Was* bist du? Was *willst* du?«

Die dunkle Gestalt antwortete nicht. Ihre glühenden Augen brannten sich in Hannahs.

Danny ist da drin eingeschlossen, dachte Hannah. Ich *muss* durch das Fenster hinein.

»Geh mir aus dem Weg!«, brüllte sie. Und in ihrer Verzweiflung streckte sie beide Hände aus, packte die Gestalt bei den Schultern und bemühte sich sie aus dem Weg zu stoßen.

Zu Hannahs Erschrecken fühlte die Gestalt sich fest an. Mit einem wild entschlossenen Schrei hob sie die Hände zum Gesicht der Gestalt – und packte zu.

Die Schwärze, die das Gesicht verhüllte, verschwand – und unter dem Dunkel kam Dannys Gesicht zum Vorschein!

24

Hannah glotzte erschrocken und ungläubig und bemühte sich Luft zu bekommen. Der faulige Geruch erstickte sie. Die Dunkelheit hüllte sie noch immer ein und hielt sie gefangen.

Danny grinste ihr mit denselben glühend roten Augen entgegen wie zuvor, bevor sie ihm die Maske abgerissen hatte.

»Nein!«, rief Hannah starr vor Angst, ihre Stimme ein heiseres Wispern. »Das bist nicht du, Danny. Das bist du nicht!«

Ein grausames Lächeln machte sich auf dem leuchtenden Gesicht der Gestalt breit. »Ich bin Dannys Geist!«, verkündete sie.

»Geist?« Hannah versuchte zurückzuweichen. Aber die Dunkelheit hielt sie eisern fest.

»Ich bin Dannys Geist. Wenn er in den Flammen stirbt, werde ich nicht länger ein Schatten sein. Ich werde GEBOREN und Danny wird an meiner Stelle in die Schattenwelt gehen!«

»Nein! Nein!«, kreischte Hannah und hob ihre Fäuste vor sich hoch. »Nein! Danny wird nicht sterben! Das werde ich verhindern!«

Dannys Geist öffnete den Mund und stieß ein übel riechendes Lachen aus. »Du kommst zu spät, Hannah!«, höhnte er. »Zu spät.«

25

»Neeeeiiin!«

Hannahs Geheul hallte in der Dunkelheit, die sie umgab, wider.

Die roten Augen des Geister-Dannys flackerten wütend auf, als Hannah direkt durch ihn hindurchstürmte.

Eine Sekunde später reckte sie ihre Hände zur Fensterbrüstung hoch. »Oh!« Das Fensterbrett war vom Feuer heiß geworden.

Mit aller Kraft zog sie sich hoch, auf die lodernden Flammen zu – und kletterte ins Haus hinein. Ein Vorhang aus dickem giftigem Rauch kam ihr wie zur Begrüßung entgegen.

Ohne den Rauch und die helle Feuerwand zu beachten, ließ sie sich auf den Boden sinken.

Ich bin ein Geist, redete sie sich selbst gut zu, während sie in den brennenden Raum hineintrat.

Ich bin ein Geist. Ich kann nicht noch einmal sterben.

Sie wischte sich mit dem Ärmel ihres T-Shirts über die Augen, um klarer sehen zu können. »Danny?«, schrie sie, so laut sie konnte. »Danny… ich kann dich nicht sehen! Wo bist du?«

Sie schirmte ihre Augen mit einer Hand ab und

machte einen weiteren Schritt ins Zimmer hinein. Flammen schossen wie strahlende Geysire in die Höhe. Die Tapete an einer der Wände hatte sich zusammengerollt und züngelnde Flammen bedeckten die geschwärzte Ecke.

»Danny? Wo bist du?«

Sie hörte einen gedämpften Schrei aus dem angrenzenden Zimmer. Hannah stürmte durch den von Flammen umgebenen Türrahmen und sah ihn – hinter einer Wand von Flammen eingeschlossen.

»Danny!«

Er war in eine Ecke zurückgewichen und hielt die Hände vor sich hoch, um sein Gesicht vor dem Rauch zu schützen.

Durch diese dichten Flammen komme ich nicht durch, stellte Hannah zu ihrem Entsetzen fest.

Sie ging einen Schritt weiter in den Raum hinein und blieb stehen.

Unmöglich.

Ich kann ihn unmöglich retten.

Doch dann ermahnte sie sich noch einmal selbst: *Ich bin ein Geist. Ich kann Dinge tun, die lebende Menschen nicht tun können.*

»Hilf mir! Hilf mir!«

Dannys Stimme drang schwach und kaum vernehmbar, wie aus weiter Ferne, durch die lodernde Flammenwand.

Ohne eine Sekunde zu zögern, holte Hannah tief Luft, hielt sie an – und sprang zwischen die Flammen.

»Hilf mir!« Er starrte ihr mit leeren Augen entgegen. Er schien sie nicht zu sehen. »Hilfe!«

»Komm mit!« Sie packte seine Hand und zerrte daran. »Wir müssen weg!«

Die Flammen züngelten ihnen entgegen wie Arme aus Feuer, die sie packen wollten.

»*Los*, komm!«

Sie zerrte noch einmal an ihm, aber er blieb stehen. »Das schaffen wir nicht!«

»Doch – wir *müssen* es schaffen!«, schrie sie.

Die Hitze brannte ihr in der Nase. Hannah schloss die Augen, um den blendenden gelben Lichtschein auszuschalten. »Wir *müssen*!«

Sie packte seine Hand mit beiden Händen und zog ihn mit sich.

Mitten in die Flammenwand hinein.

Und durch sie hindurch.

Sie zog ihn. Zog ihn blindlings mit sich. Zog ihn mit all ihrer Kraft.

Sie öffnete die Augen erst wieder, als sie das Fenster erreicht hatten.

Sie atmete nicht, bis sie draußen in der kühlen Dunkelheit auf dem Boden landeten.

Dort angekommen, auf Händen und Knien, laut keuchend und nach frischer Luft schnappend, blickte sie hoch. Nah am Haus befand sich die Schattengestalt und tanzte in den Flammen. Während das Feuer sie verzehrte, streckte sie ihre dunklen Arme zum Himmel hinauf – und verschwand ohne ein Geräusch.

Mit einem Seufzer der Erleichterung senkte Hannah ihren Blick zu Danny.

Er lag ausgestreckt auf dem Rücken und hatte einen

verwirrten Ausdruck auf dem Gesicht. »Hannah«, flüsterte er heiser. »Hannah, danke.«

Sie spürte, wie sich ein Lächeln auf ihrem Gesicht ausbreitete. Alles um sie herum wurde hell, so hell wie die Wand aus Flammen.

Dann wurde es dunkel.

26

Dannys Mutter beugte sich über ihn und zog ihm die leichte Decke über die Brust hoch. »Wie fühlst du dich?«, fragte sie sanft.

Das war zwei Stunden später. Danny war von den Sanitätern behandelt worden, die kurz nach der Feuerwehr eingetroffen waren. Sie hatten seiner besorgten Mutter erklärt, dass er sich eine Rauchvergiftung und ein paar leichte Verbrennungen zugezogen hatte.

Nachdem seine Verbrennungen versorgt waren, fuhren die Sanitäter Danny und Mrs. Anderson im Krankenwagen nach Hause.

Nun lag Danny im Bett und fühlte sich noch immer ausgepumpt und benommen. Mrs. Quilty stand besorgt und mit vor der Brust verschränkten Armen in der Zimmerecke und sah schweigend zu. Sie war eilig herübergekommen, um herauszufinden, was geschehen war.

Dannys Mutter strich sich eine Locke ihrer blonden Haare aus der Stirn, während sie auf ihn hinuntersah und von seinen Lippen ablas. »Wie konntest du aus dem Haus herauskommen?«

»Das war Hannah«, erklärte ihr Danny. »Hannah hat mich herausgeholt.«

»Wer?« Mrs. Anderson verzog verwirrt das Gesicht.

»Du weißt schon«, antwortete Danny ungeduldig. »Das Mädchen von nebenan.«

»Nebenan gibt es kein Mädchen«, sagte seine Mutter. »Oder doch, Molly?«

Mrs. Quilty schüttelte den Kopf. »Das Haus steht leer.«

Danny richtete sich auf. »Sie heißt Hannah Fairchild. Sie hat mir das Leben gerettet, Mom.«

»Ts, ts«, sagte Mrs. Quilty teilnahmsvoll. »Hannah Fairchild ist das Mädchen, das vor fünf Jahren gestorben ist«, erklärte sie leise. »Ich fürchte, der arme Danny ist ein bisschen durcheinander.«

»Aber wo ist Hannah? Hannah ist meine Freundin!« Danny blieb hartnäckig.

Hannah beobachtete die Szene von der Tür aus.

Sie wusste, dass die drei Leute im Zimmer sie nicht sehen konnten.

Sie hatte Danny das Leben gerettet und nun verschwammen das Zimmer und die Leute darin.

Vielleicht sind meine Familie und ich deshalb nach fünf Jahren wiedergekommen, überlegte Hannah. Vielleicht sind wir zurückgekommen, um Danny davor zu bewahren, im Feuer umzukommen, so wie das mit uns geschehen ist.

»Hannah ... Hannah ...«, rief eine Stimme nach ihr. Eine süße Stimme, die sie sehr gut kannte und die von ganz weit her kam.

»Bist du das, Mom?«, rief Hannah.

»Zeit zurückzukommen«, flüsterte Mrs. Fairchild. »Du musst jetzt gehen, Hannah.«

»Gut, Mom.«

Sie blickte ins Zimmer hinein zu Danny, der friedlich in seinen Kissen lag. Er wurde langsam unscharf und löste sich auf.

Hannah blinzelte in das dichter werdende Grau. Sie wusste, dass das Haus verschwand. Dass die Erde für sie verschwand.

»Komm zurück, Hannah«, flüsterte ihre Mutter. »Komm jetzt zu uns zurück.«

Hannah spürte, dass sie schwebte. Und während sie schwebte, blickte sie nach unten – ihr letzter Blick auf die Erde.

»Ich kann ihn sehen, Mom«, sagte sie aufgeregt und wischte sich die Tränen von den Wangen. »Ich kann Danny sehen. In seinem Zimmer. Aber das Licht wird schwächer. Ganz schwach.«

»Hannah, komm zurück. Komm zu uns zurück«, flüsterte ihre Mutter, um sie nach Hause zu rufen.

»Danny… vergiss mich nicht!«, rief Hannah, als Dannys Gesicht klar und deutlich im grauen Nebel auftauchte.

Konnte er sie hören?

Konnte er hören, dass sie nach ihm rief?

Sie hoffte es.

Jory John / Mac Barnett

MILES & NILES

Im Streichespielen sind Miles & Niles die Größten.
Schon jeder für sich war ein Meister seines Fachs – aber jetzt, wo sie sich zusammengeschlossen haben, sind sie ein unschlagbares Trickser-Duo!
Oder zumindest dachten sie das ...

Hirnzellen im Hinterhalt
Band 1, 224 Seiten,
ISBN 978-3-570-16367-2

Schlimmer geht immer
Band 2, 224 Seiten,
ISBN 978-3-570-16442-6

Jetzt wird's wild
Band 3, 224 Seiten,
ISBN 978-3-570-16467-9

Einer geht noch
Band 4, ca. 224 Seiten,
ISBN 978-3-570-17554-5

10402_4

www.cbj-verlag.de

Mac Barnett

Agent Mac

Klunker gesucht
Band 1, 160 Seiten,
ISBN 978-3-570-17649-8

Bösewicht in Sicht
Band 2, 160 Seiten,
ISBN 978-3-570-17650-4

Neues aus der Feder des »Miles & Niles«-Bestsellerautors

Als ihre kostbaren Kronjuwelen gestohlen werden, greift die Königin von England kurzentschlossen zum Telefonhörer und bittet den nichtsahnenden Mac, aus Kalifornien einzufliegen und den Dieb zu jagen. Ein Bote mit den Flugtickets steht bereits vor der Haustür. Da es schwer ist, einer Königin etwas abzuschlagen (und sie verspricht, eine Entschuldigung für die Schule und eine Nachricht an seine Mutter zu schreiben), macht Mac sich auf eine abenteuerliche Reise nach London, Paris und Moskau. Doch kann er den gestohlenen Schatz retten?

10431_2

cbj

www.cbj-verlag.de